Birgit Vanderbeke

Friedliche Zeiten

Erzählung

Piper München Zürich

Mehr über unsere Autoren und Bücher:
www.piper.de

Von Birgit Vanderbeke liegen bei Piper vor:
Gebrauchsanweisung für Südfrankreich
Das lässt sich ändern
Das Muschelessen
Friedliche Zeiten

FSC www.fsc.org
MIX
Papier aus verantwortungsvollen Quellen
FSC® C083411

Ungekürzte Taschenbuchausgabe
Piper Verlag GmbH, München
Mai 2012

Umschlaggestaltung und Bildmotiv: Kornelia Rumberg,
www.rumbergdesign.de
Papier: Munken Print von Arctic Paper Munkedals AB, Schweden
Druck und Bindung: CPI – Clausen & Bosse, Leck
Printed in Germany ISBN 3-492-27413-5

Mein Vater mochte am Osten, daß sie es mit dem Sozialismus versucht hatten, und er mochte am Osten nicht, daß sie den Sozialismus nicht zum Laufen gebracht hatten, weil sie alle Idioten waren. Soviel wußten wir. Was er am Westen mochte, wußten wir nicht.

Meine Mutter mochte am Westen, daß jetzt sie die Schlüssel verschwinden lassen konnte und nicht mehr ihre Mutter. Das jedenfalls sagte der Vater.

Mein Vater mochte an meiner Mutter nicht, daß sie die Klo- und Badezimmerschlüssel immer verschwinden ließ und daß im Klo und Bad nicht geheizt werden durfte. Im Schlafzimmer auch nicht. Der Vater sagte, deshalb sind wir doch nicht in den Westen gegangen, daß man sich hier genauso den Hintern abfriert wie drüben, obwohl wir endlich Zentralheizung haben; und dauernd kommt jemand rein. Er drehte die Heizung an, aber bis die Heizung den Raum warm machte, hatte er sich den Hintern schon abgefroren. Sobald der Vater rauskam, ging die Mutter rein und drehte die Heizung wieder ab. Wasa und ich versuchten immer mal wieder, möglichst zu Hause gar nicht mehr aufs Klo zu gehen, weil man sich den Hintern abfror, und dauernd kam jemand rein, weil er nicht wissen konnte, daß besetzt war, aber doch meistens die Mutter. Sobald einer von uns auf dem Klo war, hatte die Mutter Angst, es könnte ihm schlecht werden, Kreislaufschwäche, Übelkeit oder so, und dann rief sie erst hinein, ist alles in Ordnung da drinnen mit dir, und der, der drin war, antwortete nicht, weil er ja auf dem Klo war, und dann kriegte sie es mit der Angst. Nämlich wenn er nicht antwortete, dann natürlich, weil ihm schlecht geworden war oder weil er eine Kreislaufschwäche hatte und in Ohnmacht gefallen war, und sie mußte ihn aus Ohnmacht und Übelkeit retten und also hinein. Der Vater sagte, was heißt hier Ohnmacht, das Kind wird erfroren sein; so kalt wie es in der Toilette ist, würde mich das nicht wundern. Jedenfalls konnte keiner ungestört auf dem Klo sein, auch nicht im Badezimmer, in den anderen Zimmern sowieso nicht, weil alle Schlüssel abgezogen und verschwunden waren, aber bei den anderen Zimmern hatten wir uns daran gewöhnt, daß wir keine Ruhe hatten, nur bei Badezimmer und Klo mochte sich niemand daran gewöhnen außer Flori, dem es egal war, wenn dauernd die Mutter reinkam und nachsah, ob alles in Ordnung war.

Ich glaube, der ganze Krieg in dieser Wohnung

hing mit der Schlüsselgeschichte zusammen, weil schließlich der Vater auch anfing, woanders das Klo und das Badezimmer zu benutzen, und als er damit anfing, sagte die Mutter weinend: Ich werde bestimmt mal nicht alt, ich sterbe bestimmt mal jung, und von dem Moment an hatte sie Wasa und mich auf ihrer Seite, obwohl wir in der Sache selbst eher auf der Seite unseres Vaters waren und selbst versuchten, nicht das Klo zu Hause, sondern das in der Schule zu benutzen; eine Zeitlang, als wir schon größer waren, fuhren wir sogar einen Bus früher, um rechtzeitig in der Schule zu sein und noch aufs Klo gehen zu können, aber das ging nur eine Weile, weil die Mutter natürlich merkte, daß wir morgens nicht mehr zu Hause aufs Klo gingen, und dann sagte sie, Kinder, ihr habt keine geregelte Verdauung, und von dem Moment an war sie in Sorge um unsere geregelte Verdauung, fragte uns nach allem, was mit einer geregelten Verdauung zusammenhängt, nach Blähungen oder Würmern, und weil wir keine Blähungen und Würmer hatten, sollten wir sofort zum Arzt, und sie lobte Flori, der eine vorbildlich geregelte Verdauung hatte, weil es ihm nichts ausmachte, daß sie während dieser Verdauung dauernd reinkam, um nachzusehen, ob er schon in Ohnmacht gefallen war, und um ihn womöglich zu retten, und Wasa und ich dagegen sollten wegen der gestörten Verdauung zum Arzt, was wir nicht mochten, weil es das Leben unserer Mutter verkürzte, wenn wir Sorgenkinder waren, die zum Arzt mußten und womöglich anschließend krank im Bett lagen und etwas Schlimmes hatten, denn wenn es keine Blähungen oder Würmer waren, war es bestimmt etwas Schlimmes; und wir wußten, daß sie dann nachts nicht würde schlafen können, sondern mit ihren Sorgen müde, aber wach im Bett liegen müßte, in dem der Vater, dem unsere Verdauung so gleichgültig war, daß er sich niemals danach erkundigte, sich seine rohe Seele aus dem Leib und ihr immer genau in die schlaflosen Ohren schnarchte, und schon am nächsten Tag würde sie wieder nicht alt werden, sondern jung sterben. Also gaben wir den frühen Bus wieder auf und taten zu Hause so, als würden wir eine geregelte Verdauung haben, und dann standen wir aber in der ersten großen Schulpause um kurz vor zehn Schlange, weil in der Schulpause alle Klos besetzt waren von den älteren Mädchen, die rauchten und mit Filzstiften Herzchen an die Türen malten.

Es war einer der Lieblingssätze unserer Mutter: Kinder, bestimmt werde ich mal nicht alt, ich sterbe bestimmt mal jung. Wasa und ich fürchteten diesen Lieblingssatz sehr, und weil sie es ein paarmal versucht hatte, das Jung-Sterben, zweifelte keiner im

Ernst daran, daß sie es tun würde. Selbst der Vater zweifelte nicht. Das war es, was die Angelegenheiten in dieser Wohnung sehr schwierig machte: Keiner von uns mochte die Vorstellung, daß die Mutter, weil wir keine geregelte Verdauung oder andere schlimme Unregelmäßigkeiten hatten, vor Sorgen und Schlaflosigkeit krank würde, sich ins Bett legte und elendiglich starb; und noch schlimmer war die Vorstellung, sie würde dadurch von ihrer Lebensmüdigkeit wieder so überfallen, daß sie sich in ihr Auto setzte, um damit gegen eine Wand oder einen Baum oder in einen Fluß zu fahren. Am besten, ich nehme das Auto und fahre an eine Wand, sagte sie manchmal, und wir alle wußten, daß sie genau das tun würde, seit sie uns alle einmal beinah durch ein Brückengeländer hindurch in den Rhein gefahren hätte, sich und ihre drei Kinder.

Der Vater war an dem Abend weggegangen oder aus irgendwelchen Gründen gar nicht erst nach Hause gekommen, ich weiß es nicht so genau, weil ich mit Wasa fast nie mehr darüber gesprochen habe; wir haben über sehr vieles vor dem Einschlafen immer noch lange gesprochen, Wasa und ich, und ich kann mich besser an das erinnern, worüber wir gesprochen haben, aber über diesen Abend haben wir eben fast nie mehr gesprochen.

Wenn die Mutter von etwas zu Tode geängstigt

wurde, dann von der Vorstellung, daß der Vater weg sein und weg bleiben könnte, anstatt nach Hause zu kommen. Es war eigenartig, weil innerhalb unserer Wohnung alle Schlüssel abgezogen und verschwunden waren, damit alle Türen offenblieben, falls einer eine Kreislaufschwäche erlitte und in Ohnmacht fiele, aber abends hätte die Mutter unsere Wohnungstür am liebsten von innen abgeschlossen, wenn alle drinnen und in Sicherheit waren, damit keiner mehr weggehen und womöglich draußen überfallen werden konnte oder in auswärtigen Klos und Badezimmern eine Kreislaufschwäche erlitte und in Ohnmacht fiele an Orten, wo sie ihn nicht retten konnte. Lieber hätte sie abgesperrt und uns abends alle in Sicherheit gewußt, aber bei der Wohnungstür ging es nicht, falls in der Wohnung ein Feuer ausbrechen würde, dann hätten wir höchstens noch so viel Zeit, die Sicherheitskette abzumachen und durchs Treppenhaus zu entkommen, aber bis die Mutter den Schlüssel aus ihrem Nähkorb im Schlafzimmerschrank geholt hätte, wären wir längst verbrannt.

Eines Abends war der Vater also weggegangen oder gar nicht erst von der Arbeit nach Hause gekommen. Wir lagen längst im Bett, und als die Mutter uns aus dem Schlaf und den Betten holte, wußten wir nicht, was los war, es war fast ein bißchen so, als würde es noch einmal eine Flucht, weil wir da auch nicht gewußt hatten, was los war. Sie zog uns hastig falsche Sachen verkehrtherum über, fädelte meine Schnürsenkel nicht richtig ein und machte auch keinen Doppelknoten, obwohl sie immer einen Doppelknoten machte, damit der Schnürsenkel nicht auf ging und ich nicht darüber stolpern könnte. Wasa sagte, was ist denn los, Mama; ich dachte, vielleicht ist es ein Feuer, wir waren noch ganz verschlafen, zuletzt nahm die Mutter Flori im Schlafanzug auf den Arm und sagte, daß der Vater nicht zu Hause sei und wir jetzt alle wegfahren würden und den Vater verlassen und wahrscheinlich nicht mehr wiederkommen. Wasa sagte, aber er ist doch gar nicht da, und dann liefen wir alle die Treppe hinunter, und es war trotzdem anders als eine Flucht, weil wir keine Koffer dabei hatten. Unten setzte sie uns ins Auto und fuhr los. Einer der Lieblingssätze unseres Vaters war, gib doch zu, Irene, du hast deinen Führerschein in einer Lotterie gewonnen; die Mutter gab aber nur zu, daß sie schon immer nachtblind gewesen war, und der Vater sagte manchmal, daß nach Einbruch der Dunkelheit nichts vor ihr sicher wäre, keine Parkuhr, kein Laternenpfahl, kein Betonpfosten, auch kein Vordermann oder so was; er wunderte sich, daß sie nicht wenigstens einen Vorzugspreis beim

Karosserielackierer bekam; der Herr Jeglinsky lachte aber nur, wenn sie mit ihrem Blechschaden in den Hof seiner Werkstatt kam, und wenn er uns auf der Straße begegnete, mußte er auch immer lachen, der Vater sagte, statt sich ins Fäustchen zu lachen, könnte er uns einen Vorzugspreis machen. Ich hatte es nicht so gern, neben der Mutter vorn im Auto zu sitzen, weil das Auto manchmal plötzlich bremste und ich es nicht mochte, wie es sich anhört, wenn es kracht. Es hört sich viel lauter an, als man glauben möchte; es hört sich fast an, als wäre das Krachen und Knirschen nicht außen am Blech, sondern in einem selbst innen drin, und ich konnte nie glauben, daß niemandem etwas passiert war; die Mutter fing nach dem Krachen und Knirschen an zu weinen und sagte, das sind die Nerven, ich bin mit den Nerven runter; dann stieg sie aus, und wenn sie einen Vordermann angefahren hatte, stieg der auch aus, alle gingen um die Autos herum, aber es war meistens nicht sehr viel mehr passiert als Kratzer und Dellen, obwohl es so gekracht hatte, daß ich dachte, ich fliege mit dem Kopf durch die Scheibe.

Nur war es diesmal anders, weil es sonst immer tagsüber war, und abends lagen wir meistens in den Betten, anstatt mit der Mutter wegzufahren, den Vater zu verlassen und vielleicht nicht mehr wiederzukommen. Wasa hatte ihre Puppe mitgenommen, als sie gehört hatte, daß wir vielleicht nicht wiederkommen, an meiner Puppe war der eine Arm abgegangen, und ich mochte keine Puppe ohne Arm mitnehmen, außerdem war es eine Ostpuppe, und ich hätte lieber eine Westpuppe gehabt, ich dachte, wenn ich die kaputte Ostpuppe hierlasse, kriege ich vielleicht eine Westpuppe neu und mit beiden Armen. Dann fuhren wir los, aus dem Vorort hinaus auf die Landstraße. Zuerst fuhren wir in ein Kornfeld, wir stiegen alle aus, gingen einmal um das Auto herum, Flori wachte auf und sagte sehr verschlafen, sind wir jetzt tot, aber es hatte nicht einmal gekracht, weil das Kornfeld weich war, wir waren nicht tot, sondern stiegen dann nur wieder ein und fuhren rückwärts aus dem Kornfeld raus. Beim zweiten Kornfeld blieben wir im Auto sitzen, und Wasa sagte, ach Mama, was machst du denn bloß für Sachen. Die Mutter sagte, daß sie jetzt zu ihrer Mutter fahren würde, aber wir wußten, daß das nicht stimmen konnte, dazwischen war die Stacheldrahtgrenze, da konnte man nicht einfach durch und in das Land hinein, sondern wurde sofort erschossen; und ich glaubte auch nicht, daß sie wirklich zu ihrer Mutter wollte, weil sie sehr oft sagte, daß sie sich mit ihrer Mutter nicht gut vertragen hätte und daß sie nicht so werden wollte wie ihre Mutter, obwohl sie solches Heimweh hätte; ist es nicht traurig, sagte sie, daß man so schreckliches Heimweh hat, obwohl man weiß, daß man sich mit seiner Mutter nicht gut verträgt; und wir fanden es auch traurig und sagten, daß wir uns mit unserer Mutter immer gut vertragen würden. Ich glaubte also nicht, daß wir wieder zurück in den Osten fahren würden, nur wußte ich nicht, wohin sonst; aber sie fuhr auf einer Landstraße eine Weile so vor sich hin, und dann kam eine riesige Brücke. Als wir auf der Brücke waren, schluchzte die Mutter und sagte, Kinder, das ist der Rhein, jetzt fahre ich in den Rhein. Ich sagte sehr schnell, Mama, nicht, und sie sagte, keine Angst, Kinder, ich nehme euch mit.

Ich saß vorne, und Wasa saß hinten, weil sie aufpassen mußte, daß Flori im Schlaf nicht von der Rückbank fiel, aber wir hörten es beide, daß sie sagte, keine Angst, Kinder, ich nehme euch mit, und wenn die Mutter schluchzte und im Schluchzen sagte, keine Angst, Kinder, dann bekam ich immer sofort Angst, weil dann meistens etwas Furchtbares passierte, ich bekam also auf der Brücke sofort solche Angst, daß ich innen ganz hohl davon wurde, und in den Ohren drehte sich ein unangenehmes Geräusch, weil die Mutter jetzt vorhatte, nicht nur jung, sondern sofort zu sterben.

Wasa ging schon in die zweite Klasse und wollte nicht mitgenommen werden in den Rhein, sie sagte mit einer ganz fremden, hohen Stimme, nicht, Mama, bitte nicht, aber die Mutter bog auf der Brücke schräg ab und zielte genau auf das Brückengeländer. Ich wartete jeden Tag darauf, endlich in die Schule zu kommen, weil ich nicht mehr allein in den Kindergarten wollte, nachdem Wasa schon in der Schule war, und ich wollte auch nicht mitgenommen werden, und als die Mutter abbog, mitten auf dieser Brücke, wußte ich plötzlich, ich will so sehr nicht mitgenommen werden, daß sie uns einfach nicht mitnehmen darf; ich dachte, sie darf nicht, sie darf nicht, sie darf nicht, und ich wußte es auf einmal so sicher, daß das Geräusch in meinen Ohren aufhörte und ich keine Angst mehr hatte, obwohl wir gleich durchs Brückengeländer hindurch und in den Rhein gefahren wären, und plötzlich griff ich hin, ich merkte gar nicht richtig, was ich machte, aber ich griff hin und drückte mit beiden Händen das Lenkrad von unten nach oben, und als ich es oben hatte, noch weiter und weit von mir weg in die andere Richtung, und dann erst wunderte ich mich, daß ich es gemacht hatte und daß es geklappt hatte, obwohl die Mutter natürlich viel stärker war als ich; hinterher habe ich ein paarmal versucht, es mir noch einmal vorzustellen, aber es ging nicht, jedenfalls nicht mit dem Kopf, nur die Hände wußten immer genau, wie es ist, das Lenkrad von unten nach oben zu drücken und oben noch etwas weiter von mir weg in die andere Richtung, und dann schleuderte das Auto ein bißchen, aber die Brücke war vierspurig wie eine Autobahn, es kam uns ein Laster entgegen, und ich machte die Augen zu, weil mir schlechtgeworden war und weil ich nicht auch noch sehen wollte, wie es gleich krachte, aber der Laster war noch etwas weg, ich wartete, daß es krachte, aber es krachte nicht, und schließlich machte ich die Augen wieder auf, und wir kamen über die Brücke rüber. Auf der anderen Seite fuhr die Mutter an den Straßenrand, hielt an, legte den Kopf aufs Lenkrad und sagte, wenn ich euch nicht hätte.

Als wir später wieder im Bett lagen, weil sie nach den zwei Kornfeldern und dem Brückengeländer gesagt hatte, Kinder, wo soll ich mit euch nun bloß hin, und Wasa hatte gesagt, könnten wir nicht bitte wieder nach Hause, und dann waren wir umgekehrt, weil die Mutter wissen wollte, ob der Vater nach Hause gekommen wäre, und er war nicht zu Hause, aber wir; und als wir schließlich wieder in unseren Betten lagen, dachten Wasa und ich darüber nach, was der Satz bedeuten könnte, den sie vorhin gesagt hatte: Wenn ich euch nicht hätte, und wir fanden, es konnte Verschiedenes bedeuten; ich sagte, er bedeutet, wenn die Mutter uns nicht hätte, wäre sie jetzt in den Fluß gefahren; das war ungefähr das, was ich von der Lage dachte; aber Wasa sagte, ich glaube nicht, daß sie es so gemeint hat, es könnte auch heißen, wenn ich euch nicht hätte, hätte ich den Vater nicht, und dann hätte ich nicht immer solche Sorgen, daß ich vor lauter Sorgen nächtelang wach liegen muß und davon immer so müde werde, so furchtbar müde, daß ich gar nicht mehr leben möchte und daß ich am liebsten uns alle zusammen durch das Brückengeländer hindurch in den Rhein gefahren hätte. Als wir nach Hause gekommen waren, hatte die Mutter uns ins Bett gebracht und dann lange auf der Bettkante gesessen, und sie hatte Wasa und mich so traurig angeschaut, als wären wir es, die nicht nach Hause gekommen waren, dabei waren wir da und lagen in unseren Betten. Wasa sagte, glaubst du, er kommt bald heim, und ich sagte, hoffentlich, weil ich dann das Gefühl hätte, wieder in meinem eigenen Bett zu liegen, und so hatte ich das Gefühl, in einem fremden Bett irgendwo außerhalb der Welt zu liegen; und dann sprachen wir noch ein bißchen darüber und schliefen schließlich ein.

Am nächsten Tag war der Vater tatsächlich in der Nacht nach Hause gekommen; die Mutter hatte ihm die restliche Nacht lang von unserer Rheinfahrt erzählt, und von da an war klar, daß er ihr Leben und das seiner Kinder aufs Spiel setzen würde, wenn er abends wegginge oder nach der Arbeit erst gar nicht nach Hause käme; zwar ging er abends gern manchmal weg, aber danach tat er es eine ganze Weile nicht mehr und fing erst später damit wieder an; seit dieser Rheinfahrt also wußten alle bis auf Flori, der noch zu klein war und es auch später nicht glauben wollte, als wir es ihm erzählten, daß die Mutter ernst machen würde mit dem Nicht-alt-Werden und Jung-Sterben, obwohl wir es vorher schon manchmal geahnt hatten, aber eben seit dieser Rheinfahrt wußten wir es, obwohl wir nicht wissen konnten, wie sie es machen würde, weil sie manchmal davon sprach, daß sie mit dem Auto gegen eine Wand oder einen Baum fahren wollte, aber oft sagte sie auch, sie würde bald vor Sorgen und Müdigkeit krank und müßte bestimmt an der Krankheit erst qualvoll dahinsiechen und dann jung sterben.

Wasa und ich nahmen uns seit der Rheinfahrt sehr in acht, um ihr möglichst wenig Sorgen zu machen, aber so sehr wir uns in acht nahmen, es klappte immer nicht, weil wir zwar versuchen konnten, ihr möglichst wenig Sorgen zu machen und womöglich Sorgen aus dem Weg zu schaffen, aber sobald wir dachten, daß wir jetzt eine Sorge aus dem Weg geschafft hätten und es nun endlich weniger Sorgen wären, kam irgendwoher eine neue Sorge, die wir vorher nicht bedacht hatten, weil sie vorher vor anderen Sorgen noch nicht sichtbar gewesen war, aber jetzt plötzlich, nachdem die alte Sorge aus dem Weg geschafft war, war eben schon gleich eine neue da, und zu den Sorgen, die wir ihr aus Versehen machten, kamen auch noch all die anderen Sorgen, an denen wir gar nichts ändern konnten, weil wir sorglos und Kinder waren, die höchstens Sorgen machen können.

Außerdem war der Schlüsselkrieg nicht einfach zu beenden. Der Vater hatte am Osten gemocht, daß es da Leute gab, mit denen er manchmal abends wegging und irgendwas unternahm, ohne Frauen, was Männer eben so machen ohne Frauen, also mindestens Witze erzählen, die Witze im Osten sind um Längen besser gewesen als die Witze hier im Westen, sagte der Vater, aber es braucht jemand dazu, mit dem man sich diese Witze überhaupt erst einmal erzählen kann, und um solche Leute zu finden, mußte er abends weggehen, also raus aus der Wohnung kommen. Männer sind in Witzen sowieso besser als Frauen, aber die Mutter war besonders ungeeignet für Witze, das wußten sogar schon Wasa und ich, dabei muß man zugeben, sagte der Vater, daß sie in gewisser Weise eigentlich sehr geeignet ist, weil sie jeden Witz, den man ihr erzählt, auf der Stelle wieder vergißt und man ihr jeden Witz beliebig oft erzählen kann, und sie lacht immer wieder; aber sie wußte eben selber keinen, weil sie jeden Witz sofort vergaß, und Witzeerzählen geht nur gegenseitig, außerdem lachte die Mutter nicht wegen des Witzes, sondern aus reiner Höflichkeit. Wasa sagte einmal, sie denkt, sie lacht, aber es ist kein wirkliches Lachen, wirkliches Lachen kommt von innen heraus aus dem Bauch. Wasa konnte so lachen, daß sie vom Stuhl fiel, und wenn ich nur sah, wie Wasa aus dem Bauch heraus lachte, daß es sie schüttelte, mußte ich mitlachen, bis ich selbst vom Stuhl fiel und mir alles weh tat. Wenn wir der Mutter einen Witz erzählten, lachte sie, aber das Lachen war nur um den Mund herum, und der Vater sagte, es macht keinen Spaß, jemand einen Witz zu erzählen, der aus Höflichkeit das Gesicht verzieht, und man muß sich fragen, ob er die Pointe vielleicht nicht verstanden hat oder nur einfach nicht gerne lacht. Es blieb ihm also nichts anderes übrig, als sich ein paar Jahre lang die Westwitze, die er tagsüber irgendwo hörte und die längst nicht so gut waren wie die Ostwitze, obwohl er fand, daß ein paar gute Kalte-Kriegs-Witze und ein paar brauchbare Präsidenten-Witze darunter waren, für später zu merken und aufzusparen, wenn Flori im Witzalter wäre, oder bis zur Wiedervereinigung, weil er dann seine Leute bei Familienbesuchen wieder treffen und all die Witze loswerden konnte, die er inzwischen hinter versperrter Wohnungstür aufgespart hatte. Natürlich wird jedem wirklichen Witzmenschen, der einen kleinen Sohn hat, die Zeit lang und sauer, bis der Sohn einen richtigen Witz kapiert, sagte der Vater, und an die Wiedervereinigung kann ein vernünftiger Mensch sowieso nicht glauben, also versuchte er eine Weile, Witze zu sammeln und für später aufzusparen, aber er ahnte schon, daß das keine Lösung war.

In der Zeit stritten die Eltern sich wegen der Klo- und Badezimmerheizung, aber der Vater ließ die Schlüsselfrage, besonders die Sache mit dem doppelten Sicherheitsschloß, das von außen nicht zu öffnen war, erst einmal ruhen. Allerdings ist auch in Sachen Heizung nichts auszurichten gewesen, weil die Mutter befürchtete, sobald man die Heizung aufdrehte, würden sich schlagartig nicht nur die Kreislaufprobleme in der Familie vermehren, sondern auch noch gefährliche Keime, Bakterien, Bazillen, Viren, von denen es einstweilen nur in den Illustrierten im Arzt-Wartezimmer wimmelte, aber dann würde es auch in uns Kindern anfangen, davon zu wimmeln, und die Mutter war froh, wenn sie uns halbwegs keimfrei hatte, wenn schon besonders Wasa und ich immer etwas blutarm waren, und uns allen dreien lief dauernd die Nase.

Eine Zeitlang versuchte der Vater, gelegentlich mit uns ins Kino zu gehen und anschließend in ein Restaurant. Wasa sagte, er hofft, während wir Kinder am Brathähnchen nagen, trifft er irgend jemand, mit dem er sich Witze erzählen kann. Wir sahen alle Karl-May-Filme mehrmals, Flori im Schlaf, die Brathähnchen hinterher waren gut und hatten knusprige Haut, und wir durften sie mit den Fingern essen, aber es kam nie jemand zum Witzeerzählen ins Restaurant; danach gingen wir wieder heim, und dann war der Spaß schon vorbei und war gar nicht so richtig ein Spaß geworden, weil es für den Vater langweilig war, seinen Kindern Witze zu erzählen, und für uns war es langweilig, Witze nicht zu kapieren, es hörte also irgendwann auf, aber immerhin hatte es eine Weile lang knusprige Brathähnchen mit Limonade gegeben und hinterher drei Bällchen Eis.

Ich glaube, wegen dieser Brathähnchen kamen Wasa und ich auf die Idee zu hoffen, daß sie sich endlich einmal scheiden lassen würden; wir würden danach bei egal wem von ihnen sein. Wasa sagte, nach einer Scheidung kommt man immer zur Mutter, aber es war uns egal, bei wem wir dann wären, weil wir am Wochenende zum anderen kämen, und an den Wochenenden, dachten wir uns, gäbe es Brathähnchen, Limonade und Eis und im ungünstigsten Fall mindestens zwei Tage lang ein verschließbares warmes Badezimmer und Klo.

Wir haben vor dem Einschlafen am liebsten davon gesprochen, wie es wäre, wenn sie sich scheiden ließen, und es uns immer neu ausgemalt; unsere einzige Befürchtung war, daß sie es machen würden wie im Doppelten Lottchen und Wasa und mich halbieren, weil wir unzertrennlich sein wollten, der Halbierungsgedanke beunruhigte uns sehr, aber dann sagten wir uns, daß die Zwillinge im Doppelten Lottchen ja bereits als Säuglinge halbiert worden waren, bevor sie etwas davon merken konnten, und wir waren schon halbwegs groß, uns könnte man so einfach nicht halbieren, wir würden uns wehren und Krach schlagen, notfalls im Treppenhaus so laut schreien, daß die Nachbarn es hörten und auf den Flur gelaufen kämen, um zu sehen, wer da so Krach schlägt, und vor all den Nachbarn würden die Eltern nicht wagen, Wasa und mich zu halbieren; höchstens Flori und uns könnte man zerteilen, also ein Drittel Flori und zwei Drittel wir; und irgendwann war auch Flori größer geworden und nicht mehr so leicht zu dritteln, aber sie ließen und ließen sich einfach nicht scheiden, obwohl sie andauernd davon sprachen. Wenn sie davon sprachen, schickten sie uns aus dem Zimmer, weil wir es nicht hören sollten; sie sagten, das ist nichts für Kinderohren, es ging eine Weile hin und her, manchmal wurde es laut, und dann konnte man jedes Wort hören, manchmal wollte die Mutter sich ein bißchen mehr scheiden lassen als der Vater, ein andermal wollte der Vater, aber die Mutter wollte lieber sterben als eine Scheidung, und anschließend holten sie uns jedesmal wieder rein und sagten, wir bräuchten keine Angst zu haben, sie ließen sich nicht scheiden, sie wollten nicht, daß es bei uns wäre wie bei den Osterlohs im ersten Stock mit ihren beiden Scheidungskindern, sie wollten es lieber noch einmal miteinander versuchen, anstatt ihren Kindern das anzutun, was die Osterlohs ihren Kindern angetan hätten; und manchmal umarmte der Vater die Mutter dann und faßte sie von rückwärts an den Busen, die Mutter kreischte ein bißchen, Wasa und ich sahen uns an und wußten, mit dem Brathähnchen sonntags und den drei Bällchen Eis würde es vorerst wohl nichts werden, aber wir gaben die Hoffnung nicht auf, und kaum waren wir in unserem Zimmer, kam die Mutter auch schon hinterher, sie fing an zu weinen und sagte, sie hätte es immer so schwer gehabt im Leben. Das Leben ist nicht gut zu mir gewesen, glaubt mir, sagte sie, und wir wußten, daß sie den Krieg, ihre Mutter, den Osten und den Vater, all das zusammen meinte, was ihr das Leben so schwermachte, daß es mit diesem Leben nun wohl bald vorbei sein würde. Aber an solchen Tagen war es wenigstens nicht wegen unserer Verdauung, sondern wegen der anderen vier Angelegenheiten, also konnten wir sie trösten und im stillen hoffen, daß sie nun endlich bald so weit wäre, sich scheiden zu lassen, anstatt früh zu sterben.

An solchen Abenden sang die Mutter uns nach dem Ohrenputzen und Fingernägel-Vorzeigen deutsche Volkslieder vor: Sie sang am liebsten das Lied von dem Lindenbaum, der vor dem Tore steht; ich konnte sie gut verstehen, aber ich versuchte, nicht so genau zuzuhören, und merkte mir für später, daß ich meinen Kindern lieber nicht solche Lieder vorsingen würde. Sobald die Mutter anfing, ein Volkslied zu singen, fing im Nebenzimmer der Vater an, ein Gegenlied zu pfeifen, weil er empfindlich gegen deutsche Volkslieder war; und wenn die Mutter mit dem Lindenbaum vor dem Tore anfing, pfiff er das Lied von den Bäumen während der Bukkower Süßkirschenzeit, es war eins seiner Lieblingslieder, und immer wenn er an die Stelle kam, an der die LPG Zettel an Bäume und Mädchen macht, wo es dann weitergeht: das Volkseigentum wird strengstens bewacht, pfiff er nicht mehr, sondern sang die Zeilen extra laut, mit Text. Wasa sagte, das macht er, damit wir verstehen, warum wir in einer Vorortwohnung ohne Brunnen und Bäume und Heimat leben, bloß wegen dieser Idioten von der LPG, die den Sozialismus nicht zum Laufen bringen, und natürlich auch wegen der Schwiegermutter; aber mit der Zeit dachte ich, er singt es deshalb so laut, damit alle verstehen, daß auch in dieser Vorortwohnung das Volkseigentum strengstens bewacht wird und daß es uns Kindern zuliebe heute noch einmal stillhält, sich deshalb aber noch lange nicht geschlagen gibt, auf Dauer würde es allerdings keine Bewachung dulden, weil ihm das schon an den Idioten von der LPG nicht gepaßt hatte und an der eigenen Schwiegermutter. Wenn die Mutter Volkslieder sang und der Vater die Buckower Süßkirschenzeit pfiff, wußten wir jedenfalls, der Schlüsselkrieg geht demnächst weiter, und wenn in der Schlüsselfrage nicht bald etwas passierte, weil die Mutter schon bei der Heizung nicht nachgab, sondern zäh wie ein alter Bock daran festhielt, zäh wie ein alter Bock, sagte der Vater anerkennend, eigentlich liebevoll, dann würde es vielleicht noch nicht gleich eine Scheidung geben, aber irgendwann einen Großangriff auf die Außentür, auf die Sicherheitskette, von der die Mutter, wenn sie sich nachts immer ängstigte, dachte, daß wir eines Tages einmal vergessen würden, sie vorzulegen, wenn sie zum Einkaufen oder zum Friseur ging.

Nachts, wenn sie wachlag und wartete, bis der Vater klingelte, machte sie sich immer schwarze Gedanken, und einer von diesen schwarzen Gedanken war, daß sie ganz sicher wußte, sobald die Kette auch nur ein einziges Mal nicht vorlag, würde auf der Stelle mindestens ein Einbrecher kommen, womöglich würde eine ganze Bande Einbrecher kommen, weil sie immer in Banden arbeiten, würde einbrechen, uns Mädchen erst einmal gründlich vergewaltigen, dann ermorden und anschließend auch noch verstümmeln, Flori als einziger könnte vielleicht noch geschickt in den Kleiderschrank schlüpfen und gerettet werden, aber nach getaner Tat würden die Einbrecher uns ausrauben und zu guter Letzt noch den Kühlschrank leerfressen. Wasa und ich glaubten es nicht. Wasa sagte manchmal, aber Mama, jetzt reg dich doch nicht so auf, wie soll so ein Einbrecher wissen, daß wir die Sicherheitskette vergessen haben; tatsächlich haben wir die Sicherheitskette fast immer vergessen und nie vorgelegt, wenn die Mutter wegging, und nie ließ sich ein Einbrecher blicken, aber wir waren eben sorglos und wußten noch nicht, wie schlecht die Welt ist und wie schwarz ein Gedanke sein kann. Wenn jemand klingelte, sollten wir unter keinen Umständen aufmachen, auch nicht mit vorgelegter Sicherheitskette, wegen der Schußwaffen. Manchmal klingelte es, aber nie, wenn wir allein waren, wir waren selten einmal allein, weil die Mutter uns nicht gern allein in der Wohnung hatte, damit wir sie nicht versehentlich anzünden könnten, und dann wären wir verbrannt, wenn sie nach Hause kommt. Wenn es klingelte, waren es entweder Hausierer oder Bettler. Bei Hausierern nahm die Mutter die Sicherheitskette nicht ab, sondern sie kaufte eine Kleinigkeit, die klein genug war, daß sie durch den Spalt paßte, meistens Schnürsenkel oder Postkarten, die von den Künstlern mit den Füßen oder mit dem Mund gemalt waren, sie sagte, es tue ihr leid, wenn Menschen Postkarten mit den Füßen oder dem Mund malen müßten, aber Wasa sagte, sie kauft nur zur Hälfte aus Mitleid, zur anderen Hälfte hat sie Angst, wenn sie nichts kauft, kommt der Hausierer zurück und schlägt uns die Türe ein. Bei Bettlern war es schwieriger als bei Hausierern, weil die Mutter ihnen auf keinen Fall Geld geben wollte, Geld wäre das einzige gewesen, was durch den Spalt hindurchgepaßt hätte, aber sie erklärte uns, daß sie Bettlern kein Geld geben wollte, damit sie es nicht vertrinken. Geben wollte sie ihnen aber doch etwas, ob nun aus Mitleid oder damit sie uns nicht die Türe einschlagen, und sie machte es mit einem Trick. Sie schaute erst einmal durch den Spalt, und wenn sie sah, es ist ein junger Bettler, der vor der Tür steht, sagte sie durch den Spalt hindurch, nun, junger Mann, Sie sehen kräftig und gesund aus, mir will vorkommen, was Sie brauchen, ist eine Arbeit. Ja, sagte der Bettler dann, so wäre es, aber er hätte leider keine Arbeit, deswegen wäre er Bettler und wollte recht schön um Geld bitten, und schon war er reingefallen, weil die Mutter wußte, daß die Arbeit nur so auf der Straße lag, es ist schließlich nicht mehr wie in der Inflation, sagte sie, sondern jeder junge und kräftige Mensch, der zwei gesunde Arme und Beine hat, kann heute eine Arbeit finden, er braucht sich danach nur zu bücken; und die Mutter schlug ihm auch gleich vor, sich ein bißchen danach zu bücken und unseren Keller aufzuräumen, der ziemlich wüst aussah, weil keiner Lust hatte, ihn aufzuräumen. Im Keller lag eine Menge altes Ostgerümpel, er war dunkel und voller Spinnweben, keiner von uns traute sich da hinein. Und wenn Sie den Keller hinter sich haben, kriegen Sie Ihren Lohn, sagte die Mutter und hatte gewonnen, weil der Bettler dagegen nichts sagen konnte, und meistens zog er dann murmelnd ab, weil er eben ein Bettler war, der sich nicht bücken wollte. Wenn es aber kein junger und gesund aussehender Bettler war, der vor der Tür stand, dann war es meistens jemand, der nicht zwei gesunde Arme und Beine zum Arbeiten hatte, weil er mindestens einen Arm oder ein Bein im Krieg gelassen hatte, und der brauchte sich dann nicht zu bücken und den Keller aufzuräumen, sondern war vollkommen ungefährlich; allerdings bekam er sicherheitshalber auch kein Geld, weil die Mutter auch schon Männer ohne ausreichend Arme oder Beine gesehen hatte, wie sie am Kiosk Bier oder Schnaps trinken, aber weil er ungefährlich und harmlos war, sagte die Mutter, einen Augenblick mal, schloß die Tür, um die Sicherheitskette loszuhaken, und dann durfte der Bettler richtig zu uns in die Wohnung rein und bekam in der Küche ein Butterbrot und ein Glas Milch oder vom Mittag einen Teller Grünebohnensuppe, die wir immer nicht aufgegessen hatten wegen unserer Appetitlosigkeit und den Fettstücken, und weil Fäden an den grünen Bohnen waren, die immer im Hals steckenblieben und würgten.

Wir verstanden das nicht, daß diese Sorte Bettler zu uns in die Küche durfte. Wenn jemand seinen Arm oder sein Bein im Krieg gelassen hatte, ist er doch wahrscheinlich Soldat gewesen, sagten wir uns, und dann hat er doch wahrscheinlich ein paar Leute oder sogar eine ganze Menge Leute erschossen, und es kam uns ein bißchen verdreht vor, daß die Mutter solche Bettler nicht in die Wohnung ließ, die wahrscheinlich noch nicht sehr viele Leute oder am Ende noch überhaupt niemanden erschossen hatten, aber solche, die wahrscheinlich schon eine Menge Leute erschossen hatten, ließ sie durch die Sicherheitskette durch, und sie durften sogar in die Küche, obwohl doch die Mutter die allergrößte Angst hatte, daß wir vergewaltigt und getötet werden könnten. Einmal fragten wir sie, warum machst du das denn; sie sagte, daß es Kriegsverzehrte wären, und das half uns lange Zeit kein bißchen weiter. Sie waren uns unheimlich.

Der ganze Krieg war uns unheimlich. Wir spielten manchmal in einem Bunker, von dem ein paar Kinder in der Siedlung behaupteten, daß es ein Luftschutzbunker wäre, aber als die großen Jungen das hörten, lachten sie und zeigten den kleineren, die das mit dem Luftschutzbunker gesagt hatten, nur sehr überlegen einen Vogel, denn für einen Luftschutzbunker war das zu klein, da müßte es schon so groß wie eine Turnhalle oder die Schulaula mindestens sein, nein, dieser Bunker hier war ein geheimer Nazi-Bunker für SS-Offiziere gewesen, gas- und atomkriegsgesichert, damit die SS-Leute überleben konnten, während draußen die restliche Welt verreckte. Ich fand, es war eine ziemliche Mutprobe, sich in diese SS-Ruine zu wagen, weil es hieß, daß die SS-Leute da natürlich Waffen oder

Dynamit hatten, alles gut versteckt und vergraben, damit sie anschließend beweisen konnten, daß sie keine Waffen hatten, falls die Amis kamen und sie in ihrem Bunker erwischten, und die Amis wären nämlich schon ziemlich doof gewesen, denen wäre nie eingefallen, in dem Bunker danach zu suchen, da brauchte ein SS-Mann bloß zu sagen, er hätte keine Waffen. Außer daß der Bunker voll vergrabenem Dynamit steckte, stank es darin, ich begriff, daß andere Kinder auch Probleme mit der geregelten Verdauung und dem Klo zu Hause hatten, ich mochte da nicht hinein, aber wer sich nicht hineintraute, spielte nicht mit. Die Mutter hatte uns strengstens verboten, in den Bunker zu gehen, weil sie beim Friseur manchmal in Illustrierten blätterte. Zwar glaubte sie den Illustrierten kein Wort, weil es Hausfrauenzeitschriften waren, die nichts als Räuberpistolen erzählten und die Leute für dumm verkaufen wollten, deshalb blätterte sie auch nur darin herum, aber beim Blättern war sie eines Tages auf Fotos gestoßen, wie Kinder beim Spielen auf Minen treten oder von Blindgänger-Bomben in die Luft gejagt werden, auf den Fotos waren die Kraterlöcher auf Schulhöfen und sonstwo zu sehen, wo eben etwas aus dem Krieg hochgegangen war, und manchmal war noch das Blut auf den Fotos zu sehen gewesen, die Mutter sagte: Ich hätte keine ruhige Minute mehr, wenn ich nur daran denke, daß euch das zustoßen könnte, dabei ist das ganze Land noch aus dem Krieg unterirdisch kreuz und quer vermint und voller Munitionslager, besonders unser Stadtwald auch, weil er wegen des Flughafens natürlich kriegswichtig war. Keinen Fuß setzt ihr mir in den Stadtwald, sagte die Mutter, hört ihr, ihr tut mir das nicht an. Ist ja schon gut, Mama, sagte dann eine von uns, und wir versuchten, uns dabei nicht anzusehen, weil die Mutter sonst mißtrauisch wurde, und dann müßten wir es ihr versprechen, und wenn wir es versprechen müßten, würden wir versuchen müssen, mit rechts zu schwören und mit der linken Hand hinter dem Rücken das Ungültigkeitszeichen zu machen, den Mittelfinger über den Zeigefinger gebogen, und das konnte schiefgehen, weil die Mutter dann sagen würde, zeigt mal schön eure linken Hände. Also müßten wir einen Meineid schwören; sie würde bei Gelegenheit von irgendeiner Nachbarin hören, daß wir ihr das doch angetan hatten, und schon war ihr Leben unseretwegen wieder kürzer geworden, sogar viel kürzer, weil wir nicht nur im Bunker und Wald von Bomben zerfetzt würden, sondern obendrein als Lügnerinnen begraben werden müßten, und wir stellten uns vor, daß Lügen ihre Lebenszeit um mindestens ein Jahr verkürzen würden, bei schlimmen Lügen wurde es lebensgefährlich, weil die Mutter davon sofort auf der Stelle krank wurde, und Wasa und ich fingen dann an, uns zu streiten, obwohl wir uns eigentlich nie streiten wollten, weil wir ihr keine Sorgen machen und für uns unzertrennlich sein wollten, aber wenn die Mutter krank wurde, weil wir gelogen hatten, stritten wir uns doch, wer mehr schuld daran war, ich sagte, du bist schuld, weil du die Ältere bist, aber weil Wasa eben die Ältere war, war sie meistens auch besser darin, mir die Schuld in die Schuhe zu schieben, und es waren schreckliche Tage: Die Mutter lag sterbend im kalten Schlafzimmer, und Wasa und ich stritten uns, wer daran schuld war, wir flüsterten vor schlechtem Gewissen und um sie beim Sterben nicht womöglich noch zu stören, und dann fiele ihr am Ende noch ein, daß sie unseretwegen starb.

Bevor ich zum erstenmal in den Bunker ging, sagte ich zu Wasa, glaubst du, wir dürfen das, um sie daran zu erinnern, daß wir es natürlich nicht durften, weil wir nicht von SS-Bomben zerfetzt werden sollten. Aber Wasa wollte jetzt nicht darüber nachdenken, sondern eine Mutprobe bestehen und in den Bunker hinein, um den großen Jungen zu beweisen, daß Mädchen auch Mut haben können. Also sagte sie, wir sagens nicht, außerdem ist es schließlich nicht unsere Schuld, daß die Nazis hier kreuz und quer alles vermint haben. Ich dachte nicht so sehr an die Nazis, mir wäre es egal gewesen, ob die Nazis oder sonstwer daran schuld gewesen wäre, daß wir von Minen zerfetzt werden, ich wollte lieber gar nicht zerfetzt werden; ein Angsthase wollte ich natürlich auch nicht sein, und schließlich sagte ich mir: Wenn es in diesem Bunker so stinkt, dann ist er bestimmt nie ein SS-Bunker gewesen, dann ist er vielleicht nichts weiter als ein öffentliches Klo für die Kinder der Siedlung, und da schien es mir wenig wahrscheinlich, daß uns die Nazis zwanzig Jahre nach ihrem Weltkrieg noch mitsamt diesem SS-Bunker in die Luft jagen würden.

Der Krieg war aber weiter unheimlich, auch wenn wir schließlich niemals auf eine Mine traten. Alle sprachen immerzu davon, aber auf eine Art, daß man es nicht verstehen konnte. Er war so etwas wie ein unheimliches Gerücht. Manchmal erzählte die Mutter vom Krieg, aber wir kriegten nichts Genaues raus, außer daß er furchtbar gewesen war, sie eine Menge Freunde und einen Verlobten im Krieg verloren hatte und hinterher alle hungern mußten, weil es nur Rübensirup zu essen gab; und daß wir aufessen sollten, anstatt uns über die Fäden in der Grünebohnensuppe zu beschweren, damit sie nicht wieder an den Hunger und ihren toten Verlobten erinnert würde und davon traurig werden müßte. Wenn die Mutter das erzählte, sagte sie immer zum Schluß, nein, Kinder, glaubt mir, das Leben ist nicht schön.

Der Vater erzählte, daß die Russen gleich nach Kriegsende als erste Amtshandlung ausgerechnet den Knoll erschossen hatten, den einzigen Kommunisten, den es in diesem ganzen gottverlassenen Ort noch gab, stellt euch vor, sagte er, diese Idioten rücken an, gehen ins erstbeste Haus, greifen sich einen, den wollen sie gleich erschießen, damit klar ist, woher jetzt der Wind bläst, und erwischen den einzigen Kommunisten am Ort.

Solche Geschichten ungefähr erzählten die anderen Kinder auch, obwohl in den meisten ihrer Geschichten weniger Russen und dafür mehr Amis vorkamen, die zwar keine Kommunisten erschossen hatten, aber trotzdem auch Idioten waren, weil sie allen Nazis und den Nazikindern Kaugummis schenkten. Manche Kinder, besonders die älteren, erst recht wenn sie noch ältere Geschwister hatten, taten, als wüßten sie mehr vom Krieg, und sprachen sehr nebenbei und angeberisch von Stukas und anderen Militär-Abkürzungen und Geheimwörtern. Ich hatte das Gefühl, wer die meisten Abkürzungen und Geheimwörter kannte, wurde der Anführer in der Siedlung, und einen Anführer durfte man schon gar nicht fragen, was ein Geheimwort heißt, Anführer wird man durch unverratbares Geheimwissen. Damit die Mutter wenigstens ein paar ruhige Minuten am Tag oder in der Nacht hatte, erzählten wir ihr also nichts von unserem Bunker, ich hielt mir die Nase zu, wenn ich reinging, aber ich traute mich immerhin rein. Unheimlich blieb es, und da man nicht fragen durfte, wurde es immer noch unheimlicher, aber zum Glück hatte ich Wasa, und Wasa hielt sich die Nase nicht zu, wenn sie in den Bunker ging, und später hörten wir damit auf, und dann wurde er abgerissen, weil neue Häuser gebaut wurden. Das war die schönste Zeit, Wasa und ich stiegen oft über die Brettergerüste auf die Balkons und kamen von da in die Rohbauten rein, und da spielten wir, wir wären groß und in den Wohnungen zu Hause, und alle Zimmer hätten Schlüssel, wer zum andern ins Zimmer wollte, klopfte höflich vorher an und wartete, bis der andere rief, herein; nur die Treppenhaustür bliebe ohne Sicherheitskette, und weil es Sommer war, fror sich niemand den Hintern ab, es war beinah, als wenn die Eltern sich scheiden ließen, weil es bei uns natürlich alle Tage Brathähnchen und Limonade gab, aber schließlich zogen Leute in die Wohnungen ein. Und sie ließen und ließen sich einfach nicht scheiden.

Manchmal wollte ein Kriegsverzehrter auch lieber Geld oder eine gute Gabe statt Butterbrot und ein Glas Milch, und ich konnte ihn gut verstehen, weil es alle im Haus so machten wie unsere Mutter, und im Nebenhaus auch, wahrscheinlich machten sie es im ganzen Land so, und wenn ein Kriegsverzehrter bei uns im dritten Stock ankam, hatte er also allein in unserem Haus schon fünf Butterbrote und fünf Gläser Milch hinter sich und verzehrt, und mir wäre das auch zu viel gewesen, ich glaube, selbst wenn ich die Hungerjahre erlebt hätte, mir war schon ein einziger Teller Grünebohnensuppe zu viel; und dann dachte die Mutter einen Moment nach und versuchte, dem Mann als gute Gabe einen abgelegten Pullover oder sonst etwas Warmes für den Winter zu schenken, sie schickte Wasa oder mich ins Schlafzimmer, denn ins Schlafzimmer durfte keiner hinein, und die Mutter wiederum traute sich nicht ins Schlafzimmer, solange ein fremder Mann in der Wohnung war, der, während sie ins Schlafzimmer ging, mit den Mädchen alleine war und uns auf der Stelle vergewaltigen würde, einfach weil er eben auch bloß ein Mann war, wenn auch mit etwas weniger Armen und Beinen als die anderen, aber mit jungen Mädchen ließ sie als Mutter lieber überhaupt keinen Mann allein, also schickte sie Wasa oder mich ins Schlafzimmer, und wir brachten ihr den Wäschesack mit den Altkleidern, den wir in der Schule genäht und bestickt hatten, und wenn der Mann die gute Gabe anprobierte oder anhielt, sah er meistens so schlimm aus, daß er anfing, uns wirklich leidzutun, weil natürlich nicht jeder die Kleidergröße von unserem Vater haben konnte, darin waren sie durchaus verschieden, und oft wehrte er sich dann, als Vogelscheuche herumzulaufen, den einzigen Arm in einen zu kurzen Ärmel gesteckt, oder mit dem einzigen Bein über einen Hosenaufschlag zu stolpern und wie ein jämmerlicher einbeiniger Clown durch die Welt zu ziehen, er fragte dann doch lieber noch einmal nach Geld, aber die Mutter rettete sie alle vor dem Schnaps am Kiosk, den Hartnäckigen sagte sie einfach, sie hätte kein Geld im Haus, obwohl das nicht stimmte, weil die Mutter immer sogar mehrere Sorten Geld im Haus hatte, das laufende Haushaltsgeld, das Geld für die Reinemachfrau donnerstags und das Eiserne-Reserve-Geld für irgendwelche Notfälle. Außer den Karosseriearbeiten gab es eigentlich zwar nie Notfälle, aber es hätten jederzeit welche eintreten können, wenn wir etwa mit unserer Blutarmut Kreislaufstörungen bekämen, in Ohnmacht fielen und plötzlich zum Arzt müßten oder gleich ins Krankenhaus eingewiesen würden. Ein Notfall ist etwas, was man nie wissen kann, aber wegen der Notfälle hat man besser eine eiserne

Reserve, sagte die Mutter, und wegen der Notfälle sollten wir immer auf saubere Unterwäsche achten, damit die Mutter bei einem plötzlichen Arztbesuch sich nicht für den Zustand der Unterwäsche ihrer Kinder schämen und bei Arzt und Krankenschwestern entschuldigen müßte. Es war also immer Geld im Haus, und Wasa rempelte mir den Ellenbogen in die Rippen, damit ich auch merkte, die Mutter log, und wenn der Kriegsverzehrte dann abgezogen und die Sicherheitskette wieder vorgelegt war, sagte Wasa, soso, Mama, den hast du wohl eben schön angelogen, was, und die Mutter wurde ein bißchen verlegen, nicht wegen der Lüge selbst, sondern weil wir gehört hatten, wie sie gelogen hatte, und dann sagte sie einen unserer Lieblingssätze: Das war doch keine richtige Lüge, das war doch bloß eine Notlüge, denn so wie es mehrere Sorten Geld im Haus gab, gab es auch mehrere Sorten Lügen. Es gab die richtigen, wirklich schlimmen Lügen, für die Wasa und ich zuständig waren, die kleineren Kinderschwindeleien, das waren Floris Angelegenheiten, und schließlich gab es die Notlügen der Mutter. Notlügen sind edle Lügen für einen guten Zweck, sagte die Mutter, und für einen doppelten guten Zweck war diese Notlüge eben gewesen, denn wegen der Notlüge hatte der Mann eben gar nicht gemerkt, wie er vor Bier und Schnaps und

Kiosk gerettet worden war, und das hätte er natürlich gemerkt, wenn die Mutter gesagt hätte, guter Mann, zwar habe ich jede Menge Geld im Haus, mehrere Sorten Geld sogar, wenn Sie's genau wissen wollen, aber das gebe ich Ihnen nicht in die Hand, weil Sie es dann nicht verzehren, sondern doch bloß gleich wieder versaufen, selbst wenn Sie einige Ihrer Arme und Beine im Krieg gelassen haben. Das hätte ihn verstimmt, und vielleicht hätte er es sich dann doch noch einmal anders überlegt mit seiner Ungefährlichkeit und Harmlosigkeit, es wäre ihm wahrscheinlich ganz plötzlich sein Soldatenhandwerk wieder eingefallen und was er im Krieg gelernt und gemacht hatte, und dann hätte er uns natürlich doch alle rasch noch zum Schluß vergewaltigt und anschließend um- und auseinandergelegt, bis auf Flori, der für diesen Notfall ein für allemal die Anweisung hatte, sich im Kleiderschrank zu verstecken. Also war es nicht nur eine Notlüge aus Höflichkeit, weil die Mutter dem Kriegsverzehrten sein Schnapssaufen am Kiosk nicht ins Gesicht sagen und ins Bewußtsein bringen mochte, sondern es war sogar eine kluge Notwehrlüge, die uns alle davor schützen sollte, daß wir umgebracht wurden, und also hatte sie sowieso einen doppelten guten Zweck, und zuletzt sagte die Mutter dann jedesmal, und wenn ich nicht da bin, macht ihr überhaupt nie und niemand die Tür auf, hört ihr, du auch nicht, Flori, hast du gehört. Und wir versprachen es.

Während des Waffenstillstands gingen unsere Eltern abends manchmal zusammen weg, vielleicht weil der Vater immer noch leise hoffte, irgendwo jemand zu treffen, mit dem er etwas unternehmen könnte wie früher mit seinen Ostleuten, Witze erzählen oder so etwas, ohne Frauen. Wenn sie losgingen, standen wir am Fenster und winkten, und bevor sie ins Auto stiegen, machte die Mutter noch mal die waagerechte Sicherheitsketten-Bewegung mit beiden Händen, und wir nickten. Trotzdem hatte sie den ganzen Abend über kein gutes Gefühl, wenn sie daran dachte, daß wir allein zu Haus waren und bestimmt die Sicherheitskette nicht vorgelegt hatten oder das Haus anzündeten oder heimlich den Fernseher anstellten, und dann würde der Fernseher sofort anfangen, Grausamkeiten zu senden, die nichts für Kinder sind, oder er würde implodieren. Als wir den Fernseher neu hatten, dachte sie erst, er würde explodieren, sobald sie abends aus dem Haus gingen, aber seit der Vater gesagt hatte, Irene, Fernseher implodieren, wußte sie also, was uns geschehen würde. An diesen Abenden blieben wir wach, bis sie wiederkamen, weil sie in der

Nacht ja dann klingeln mußten, damit wir die Kette abmachen und sie in die Wohnung lassen konnten. Meistens hatte der Vater niemanden getroffen zum Witze-Erzählen, oder die Mutter hatte nicht aufgehört, ihm alles von implodierten Fernsehgeräten zu berichten, was sie je gehört hatte, dann kamen sie noch vor Mitternacht nach Hause. Oder er hatte jemanden getroffen, Witze erzählt und dabei etwas zu tief in sein Glas geschaut. Die Mutter schaute vorsichtshalber nie in ihr Glas, wenn sie zusammen weggingen, sondern zählte lieber im stillen die Gläser der anderen, und dann kamen sie mehrere Stunden später, als sie gesagt hatten; die Mutter war furchtbar müde, weil sie den ganzen Abend Gläser gezählt und wegen der Fernsehimplosion Sorgen gehabt hatte und durch jedes Martinshorn wieder von neuem daran erinnert worden war, daß in der Stadt Abend für Abend unzählige Fernseher implodierten. Ich dachte auch, daß es sie wahrscheinlich müde machte, wenn sie den ganzen Abend lang höflich das Gesicht zu einer Art Lachen verziehen mußte, damit die anderen denken, sie hätte den Witz gemocht, obwohl sie in Wirklichkeit gar keine Witze mochte. Der Vater war aber dann fröhlich, und während die Mutter sich bei weit offener Badezimmertür die Zähne putzte, damit sie, auch wenn sie vor Müdigkeit schon halb ohnmächtig war, immerhin hören konnte, was ihr betrunkener Mann mit den Kindern sprach, sagte der Vater einen seiner und unserer Lieblingssätze, den er auch nüchtern konnte, aber wir hörten ihn dreimal so gern, wenn der Vater zuvor ins Glas geschaut hatte, weil er dann von ganz innen aus der Seele kam, sehr langsam und mit tiefer Stimme. Erst sagte er ins Badezimmer hinein, das mußt du nun aber wirklich mal zugeben, Irene. Das war noch nicht unser Lieblingssatz, aber die Vorbereitung dafür. Die Mutter gurgelte etwas mit dem Zahnputzwasser dagegen an, weil es schon sehr spät in der Nacht und sie viel zu müde war, um jetzt noch nach diesem scheußlichen Abend irgend etwas zuzugeben, was sie dann morgen vielleicht bereuen würde und abstreiten müßte, aber der Vater hörte sich ihre Abwehr aus dem Gurgeln einfach weg, weil er fröhlich war, und sagte gutgelaunt und voller Genuß über den gelungenen Abend unseren Lieblingssatz: Das mußt du zugeben, Irene, daß ich, selbst wenn ich blau wie eine Haubitze bin, immer noch besser fahre als du je im Leben stocknüchtern. Und dann wußten wir, zwar ist die Waffenruhe ab morgen jetzt wieder hin, weil natürlich die Mutter, so nüchtern, wie sie geblieben war, hatte nach Hause fahren wollen, und der Vater hatte es nicht gewollt, und sie hatten sich vielleicht ein bißchen darüber gestritten, und während sie sich gestritten hatten, hatte die Mutter dem Vater seine genaue Gläseranzahl gesagt und wegen dieser Zahl eben ans Lenkrad gewollt, aber er hatte vorsichtshalber wieder nicht gewollt, daß sie Auto fährt, und er hatte sicher gesagt, daß er das nicht zulassen würde, weil nach Einbruch der Dunkelheit nichts, kein Volks- und kein Privateigentum und schon gar nicht ihr eigener Mann, vor ihrer Nachtblindheit sicher wären, so etwa stellten wir es uns vor, weil die Mutter es uns manchmal erzählte, und morgen würde sie uns bestimmt wieder sagen: Der Klügere gibt nach. Aber irgendwann würde sie uns die Gläserzahl auch nennen. Wir wußten jetzt schon, sie hatte verloren, und sie waren heil angekommen, und wir waren froh, daß sie wieder zu Hause waren. Wasa lachte noch beim Einschlafen und sagte, was findest du besser, Lügen oder die Wahrheit? Ich fand beides ziemlich gefährlich und wollte mich nicht entscheiden, aber weil Wasa erst eine Weile vor Lachen die Decke über sich gezogen halten mußte, bis sie wieder sprechen konnte, mußte ich auch lachen und die Decke über mich ziehen, und schließlich, sobald sie wieder zu sich kam und sprechen konnte, sagte sie: ich die Wahrheit. Also sagte ich, ich auch die Wahrheit, obwohl ich nicht sicher war, ob es stimmte.

Ich war immer froh, daß ich beim Einschlafen

Wasa hatte und nicht wie Flori allein in einem eigenen Zimmer schlafen mußte, obwohl es Flori nichts ausmachte, auch später nicht, als er größer wurde, weil er die Rheinfahrt eben nicht glaubte; jeden Abend wieder versuchte ich, vor Wasa einzuschlafen, damit ich nicht daran denken mußte. Ich konnte noch so sehr versuchen, vor dem Einschlafen an etwas anderes zu denken, es kam mir immer etwas dazwischen, und sehr oft war es der Moment, wo die Mutter auf der Brücke rechts abgebogen war und uns mitnehmen wollte. An den Abenden, wenn die Eltern zusammen wegfuhren, mußte ich die ganze Zeit daran denken, oft schon, sobald ich sie nach der Sicherheitsketten-Bewegung zusammen ins Auto steigen sah; ich war nie ganz sicher, ob ich sie lebend wiedersehen würde, auch wenn die Mutter nichts vom An-die-Wand-Fahren gesagt hatte; und manchmal an solchen Abenden sagte ich zu Wasa, glaubst du, sie kommen jemals wieder zurück, und Wasa sagte, keine Ahnung, und wenn wir es einmal ausgesprochen hatten, wurde uns nicht besser, sondern dann fingen wir alle beide an, uns so zu fürchten, daß wir vor Furcht irgendwann keine Luft mehr bekamen und jeder Gruselfilm dagegen harmlos war, weil es eine Furcht war, die sich immer mehr steigerte, und wir konnten nichts dagegen machen, es half auch nicht, daß wir zu zweit waren und Flori ruhig im Bett lag und schlief, es half nicht einmal, einen Tierfilm im Fernsehen anzuschauen, weil die Furcht überall war, in uns selbst und überall um uns herum im Zimmer, in der ganzen Wohnung, im Fernseher; wir machten die Fenster auf, um besser atmen zu können und um draußen an den Straßenlaternen zu sehen, daß alles in Ordnung war, aber die Straßenlaternen hörten vor der Landstraße auf, die Landstraße war schwarz und hatte die Eltern verschluckt, und wir würden sie nie mehr wiedersehen, die Furcht saß im Bauch, in den Beinen, in der Brust, und von der Brust zog sie bis oben hin alles zu, daß ich nicht mehr wußte, wie ich jemals im Leben vernünftig Luft gekriegt hatte. Wir machten das Fenster wieder zu, um die Dunkelheit auszusperren, dann wieder auf, um Luft zu kriegen und die Straßenlaternen zu sehen, hinter denen die Dunkelheit anfing, die wir dann schnell wieder aussperren mußten vor Furcht. Wir konnten an solchen Abenden auch überhaupt nicht miteinander sprechen wie sonst, weil wir keine Sätze herausbrachten und alles Furchtbare wußten, aber ohne es aussprechen zu können, auch sonst sprachen wir fast nie von der Rheinfahrt, aber natürlich sehr oft darüber, daß die Mutter jung sterben und nicht alt werden würde, weil es einer ihrer Lieblingssätze war, und es beschäftigte uns andauernd, weil wir das Gefühl hatten, daß wir vernünftigerweise alles daransetzen sollten, ihren frühen Tod vielleicht nicht gerade zu verhindern, das konnte wahrscheinlich keiner, dachten wir, weil keiner daran zweifelte, daß es ihr ernst damit war, und sie sich einfach nicht scheiden ließen, aber unseren Schuldanteil an ihrem Jung-Sterben wollten wir wenigstens so gering wie möglich halten. Also dachten wir oft vor dem Einschlafen darüber nach, was wir machen könnten, daß sie möglichst wenig Sorgen hätte: leise sein, uns nicht beim Lügen erwischen lassen, geregelte Verdauung, gesund sein und gute Noten in der Schule; darüber sprachen wir oft, aber fast nie mehr von der Rheinfahrt, schon gar nicht an den Abenden, an denen sie beide weg waren. Aber die Frage, glaubst du, sie kommen noch jemals wieder, reichte natürlich aus, beide dachten wir sofort an die Rheinfahrt, schließlich blieb uns die Luft weg vor Furcht, wir konnten es in keinem Zimmer mehr aushalten, sondern rannten alle drei Minuten in die Küche, um auf der Küchenuhr nachzusehen, ob sie jemals wiederkämen, und wenn wir ein bißchen zu uns fanden zwischen den Angstanfällen, versuchten wir, uns zu beruhigen und abzulenken, wir sagten, spätestens Mitternacht sind sie bestimmt wieder da, davon wurden wir ein bißchen ruhiger, weil sie schon ein paarmal bis Mitternacht wiedergekommen waren; wenn es dann aber Mitternacht wurde, und sie waren bis dahin noch nicht wieder da, sagte eine von uns, jetzt kommen wir alle ins Waisenhaus. Als wir noch kleiner waren und die Rheinfahrt noch frisch im Gedächtnis hatten, fürchteten wir uns, sobald das Waisenhaus ausgesprochen und laut gesagt war, endgültig so, daß wir es in der Wohnung nicht mehr aushielten, sondern barfuß und im Schlafanzug hinausrannten ins Treppenhaus, nach Luft japsend, die Treppe hinunterrasten und bei Heinckels klingelten, die Tür oben war sperrangelweit offen und wäre für jeden Einbrecher die helle Freude und Einladung gewesen, aber wir glaubten schon ohne Angst nicht an Einbrecher, und jetzt waren uns Einbrecher völlig egal, weil wir morgen früh ins Waisenhaus kommen würden, und wir wußten nicht einmal, was wir dahin überhaupt mitnehmen durften, weil in Waisenhäusern keiner anziehen darf, was er hat, dort werden Uniformen verteilt, und dort erlaubten sie einem auch keine eigenen Bücher und Puppen, überhaupt nichts. Natürlich schliefen Heinckels nach Mitternacht längst, so mußten wir immer mehrmals klingeln, jedesmal etwas länger, und irgendwann Sturm läuten, und dann hofften wir, daß Herr Heinckel aufmachte, weil seine Frau etwas mehr schimpfte, wenn wir sie nachts aus dem Bett klingelten, aber eigentlich waren sie beide nicht richtig unfreundlich, deswegen klingelten wir auch bei ihnen und nicht bei den andern im Haus, und sobald drinnen ein Geräusch zu hören war, versuchte Wasa noch einmal ganz ruhig durchzuatmen, wie sie es früher gekonnt und jetzt verlernt hatte, jetzt brachte sie nur fiepsige Jaultöne und Nebengeräusche, aber kein Atmen dabei zustande, und wenn schließlich die Tür aufging, machte sie sehr höflich einen Schlafanzug-Knicks, versuchte, guten Abend zu sagen, und dann war es meistens aus. Bis zum Waisenhaus kam sie nie, weil wir beide nach dem mißglückten Waisenkindergruß so losheulten, daß auch eine verschlafene Frau Heinckel sofort begriff: Unsere Eltern waren wohl ausgegangen, und nach einer Weile fing sie ganz freundlich ein bißchen zu schimpfen an, daß wir doch unseren Eltern einen fröhlichen Abend zu zweit ruhig einmal gönnen sollten, ohne gleich solch ein Theater zu machen, wer wird denn auch solch ein Angsthase sein, sagte sie, und wir sollten uns unseren kleinen Bruder zum Vorbild nehmen, der sicher oben in seinem Bett liegt und längst friedlich schläft; und das freundliche Schimpfen tat gut, obwohl alles falsch war, was Herr oder Frau Heinckel da sagten, weil die Mutter ihnen natürlich nicht erzählt hatte, daß sie einmal früh sterben würde, und weil wir ihnen nicht gut sagen konnten, daß sie uns dabei einmal schon beinah mitgenommen hatte, und heute ganz sicher den Vater. Trotzdem tat das freundliche Schimpfen gut, vielleicht tat es gerade deshalb so gut, weil alles daran nicht stimmte, und allmählich hörten wir auf mit dem Schluchzen, weil ich vor Herrn oder Frau Heinckel mit einem Mal nicht mehr sicher war, ob wir die Rheinfahrt wirklich erlebt hatten oder vielleicht nur geträumt, nach einer Weile war ich fast überzeugt, daß ich sie nur geträumt hatte, und wenn ich soweit war, hatte Wasa es auch geschafft, und dann schickten Herr oder Frau Heinckel uns wieder nach oben, und sobald wir oben durch die Tür durch und in der Wohnung waren, fing es sofort wieder genauso an wie vorher, aber zweimal trauten wir uns nicht bei Heinckels zu klingeln, also sagten wir uns laut vor, was sie unten gesagt hatten, wir taten so, als würde es stimmen, obwohl wir genau wußten, es stimmt leider nicht, heute abend hat sie ihn endgültig mitgenommen.

Als wir größer wurden, fürchteten wir uns immer noch, aber nicht mehr ganz so sehr, weil wir irgendwann, als wir schon richtig mit Zeit rechnen konnten, überlegt hatten, wie alt kann man eigentlich werden, wenn man jung stirbt, wir rechneten ein bißchen herum, ich sagte, vielleicht so um die Dreißig oder so, aber Wasa sagte, pscht, sei bloß still, du Dumme, sie ist doch jetzt schon viel älter, und ich kriegte wirklich einen Riesenschrecken, weil es nach dieser unvorsichtigen Zahl jetzt praktisch jeden Tag passieren mußte, aber Wasa sagte etwas großspurig, heutzutage ist man mit vierzig noch längst keine alte Frau. Es klang, als hätte sie es irgendwo aufgeschnappt, jedenfalls wie von einem Erwachsenen gesagt und schon etwas ungefährlicher, aber wir verhandelten lieber noch weiter, weil es uns noch zu nahe an heute abend dran war und wir lieber einschlafen wollten, als immerzu Angst zu haben, und schließlich einigten wir uns darauf, daß wir vierzig noch ein bißchen strecken könnten, und sagten, mit vierzig ist man also noch jung, und vierzig geht ja eigentlich bis neunundvierzig Jahre noch immer weiter und hört erst bei fünfzig auf, genaugenommen geht die Vierzig also bis 49 Jahre und 364 Tage. Wir beschlossen, daß die Mutter einen der letzten Tage davon fürs Sterben nehmen würde, und um Wasa nicht wieder zu beunruhigen, verschwieg ich, daß ich sehr starke Zweifel hatte, ob sie es wirklich so machen würde.

Schließlich kamen sie an diesen Abenden immer wieder, weil der Vater blau wie eine Haubitze noch besser fuhr als die Mutter je im Leben stocknüchtern, und jedesmal wenn er den Satz nachts sagte, mußten wir lachen wie die Verrückten.

Später gingen die Eltern nicht mehr so oft zusammen weg, weil es die Mutter bloß müde machte und weil es allmählich auch weniger Waffenstillstände gab und der Wohnungskrieg um die Schlüsselfrage wieder losging und um eine Menge anderer Fragen. Wir waren mit der Zeit in der Sache immer mehr auf der Seite des Vaters, weil wir unser Zimmer sehr gern gelegentlich abgeschlossen hätten, um nicht dauernd gestört zu werden, und wegen der Geheimnisse. Wir verstanden langsam, daß wir Geheimnisse hatten. Die ersten Geheimnisse, die wir versehentlich hatten, ohne von ihnen zu bedenken, daß wir sie hatten und daß es Geheimnisse waren, waren zwei Schulpausenbrote, und solange wir nicht begriffen, daß unaufgegessene Schulpausenbrote ein Geheimnis sind, wußten wir nichts von Geheimnissen, aber nach den ersten unaufgegessenen Schulpausenbroten wußten wir es ein für allemal, sie sind nicht nur ein Geheimnis, das wir vor der Mutter verborgen halten in unseren Schulranzen in unserem Zimmer, sondern sie sind wegen der Hungerjahre zusätzlich noch eine Sünde, und natürlich wollten wir nicht, daß die Mutter wegen unserer Schulpausenbrote wieder an die Hungerjahre und ihren toten Verlobten erinnert wurde, denn davon wurde sie immer so traurig, daß sie sich nur noch wünschte, ihm recht bald ins Grab folgen zu können, anstatt ihre Lebenstrauer weitertragen zu müssen, weil wir Schmalzbrote nicht mochten. Und nach und nach mochten die anderen Mädchen in der Schule, mit denen wir Schulbrote tauschten, auch keine Schmalzbrote mehr, weil die Mutter zu wenig Salz auf das Schmalz streute, und so hörten sie auf, uns ihre Mettwurstbrote oder sogar Schokoladenbrote gegen unsere Schmalzbrote einzutauschen. Wir versuchten ein paarmal, die Mutter zu überreden, daß sie mehr Salz draufstreute, aber sie sagte, wir könnten uns an versalzenen Schmalzbroten in jungen Jahren die Nieren kaputtmachen, die wir uns sowieso schon die ganze Zeit kaputtzumachen versuchten, indem wir keine warmen Unterhemden anzogen, und das war ihr ein schlimmer Gedanke. Dagegen war nichts zu machen, aber irgendwann beschlossen wir trotzdem, keine Schulpausenbrote mehr essen zu wollen, und gleich bei den ersten unaufgegessenen Broten lernten wir, was ein Geheimnis ist, als die Mutter am Nachmittag in unser Zimmer kam, in dem es ihr ein paar Minuten lang so verdächtig still erschienen war, daß sie gleich dachte, sie müßte vielleicht eine von uns rasch retten, und bei der Gelegenheit schaute sie auch in unsere Schulranzen, zog entsetzt ein in Pergamentpapier eingewickeltes Geheimnis aus meinem Ranzen und ein zweites aus Wasas Ranzen und sagte entsetzt: Kinder, ihr eßt eure Brote nicht auf und bringt sie heimlich wieder mit heim. Dann geriet sie in eine solche Lebenstrauer über die Hungerjahre, unsere Heimlichkeiten, Sünden und ihren toten Verlobten, daß Wasa und ich fortan lieber die Tür manchmal mit einem Schlüssel zugesperrt hätten, um uns die Mutter bis wenigstens kurz vor ihrem fünfzigsten Geburtstag zu erhalten, weil uns klar wurde, wenn ein Schulpausenbrot ein Geheimnis und eine Sünde ist, kann es uns jeden Tag mit etwas anderem versehentlich wieder erwischen, und es erwischte uns natürlich auch, allerdings erwischte es uns nicht mehr mit Schulpausenbroten, die wir von nun an auf dem Heimweg bis zum letzten Krümel an die Tauben verfütterten, aber von einem bestimmten Alter an erwischte es uns einfach dauernd. Der Vater sagte, Irene, sie sind im Geheimnisalter, laß sie doch einfach machen.

Der Vater war inzwischen selbst in einer Art Geheimnisalter, und also waren wir in der Sache durchaus auf seiner Seite, aber ganz auf derselben Seite waren wir auch wieder nicht, fanden wir, weil der Vater mit seinen Geheimnissen bloß seine Frau aufs Spiel setzte, wir hingegen unsere Mutter, und uns war klar, daß eine Mutter für ihre Kinder mehr wert ist als eine Frau für ihren Mann, der immerhin eine neue finden kann. Kinder können keine neue

Mutter finden, wenn die erste einmal im Grab ist, und von Stiefmüttern war ungefähr so viel zu halten wie von Schwiegermüttern, das eine wußten wir von den Osterloh-Kindern und das andere vom Vater, der dazu auch eine Menge Witze kannte, das also würde in keinem Fall gutgehen, und wir hatten den Vater irgendwann im Verdacht, insgeheim auch schon eine Stiefmutter für uns vorzubereiten, zwar mit geheiztem Badezimmer und Klo, weil er so dumm nicht wäre, zweimal den gleichen Fehler zu machen, aber die Osterloh-Uschi mit ihrer Zweitmutter hatte uns erzählt, wie es ist: Anfangs läßt es sich ganz gut an, dann verschlechtert es sich ein bißchen, dann verschärft es sich, und irgendwann weiß man, der Anfang war reine Verstellung. Und dabei hatten die Osterloh-Kinder immerhin zu ihrer Zweitmutter auch noch eine lebende Erstmutter, die sie an den Wochenenden sahen, wir dagegen stünden ganz ohne Erstmutter da, wenn unsere Mutter starb, und dann müßte die Stiefmutter sich natürlich nicht so zusammennehmen, wie sie muß, wenn noch eine Erstmutter da ist und an den Wochenenden die Kinder mit Brathähnchen und Limonade vollstopft, während in ihrer Grünebohnensuppe immer Fäden und Fettstücke sind. Deshalb also waren wir in der Sache mit den Schlüsseln auf der Seite des Vaters, konnten aber trotzdem nicht gemeinsame Sache mit ihm machen, weil wir die Stiefmutter so weit hinauszögern mußten, daß die Eltern in der Zwischenzeit vielleicht doch noch auf die Scheidung kamen und wir zu der unangenehmen Zweitmutter die Erstmutter behalten konnten, die sich dann womöglich nur noch am Wochenende wegen der Kinder Sorgen machen müßte, und Wochenendsorgen sind eine Kleinigkeit gegen Alltagssorgen, da also wäre sie raus, und was den Vater anging, so könnte sich fortan dann bitteschön seine neue Frau Sorgen darum machen, ob er wohl abends nach Hause kommt oder nicht. Er kam inzwischen ziemlich oft nicht nach Hause oder ging nach dem Abendbrot gleich wieder weg, und die Mutter merkte, wenn er dann irgendwann nachts doch noch kam und sie aus ihrer Schlaflosigkeit herausklingelte, weil sie ja aufstehen und die Sicherheitskette abmachen mußte, daß er frisch gebadet roch, das jedenfalls war kein Geheimnis, und sie sagte, sie würde sich entschlossen weigern, in einem gemeinsamen Bett mit einem Ehemann zu liegen, der frisch gebadet riecht, wenn er spät in der Nacht nach Hause kommt, also zog sie jedesmal, wenn er frisch gebadet nach Hause kam, mit all ihrem Bettzeug ins Wohnzimmer um, der Vater drehte im Schlafzimmer die Heizung an, und sie hatte anderntags Heimweh, Kreuzschmerzen und ihren

Ischias eingeklemmt, weil das Sofa im Wohnzimmer keine solche verstellbaren Gesundheitsmatratzen hatte wie die Elternbetten im Schlafzimmer.

Sie machte aber an solchen Abenden keine Rheinfahrt mehr mit uns, vielleicht weil wir zu groß dafür waren und sie uns nicht mehr in aller Eile Sachen verkehrtherum hätte überziehen können wie noch vor ein paar Jahren. Flori war inzwischen der einzige, der noch jeden Tag mit dem rosa Ohrenstäbchen die Ohren geputzt bekam, wenn die Mutter ins Badezimmer ging, während er drinnen war, und da sie ihn niemals aus einer Ohnmacht retten mußte, sah sie ihm wenigstens bei der Gelegenheit seine Ohren nach, und er hatte sie wieder nicht geputzt, und dann mußte also sie sie ihm putzen. Wasa und ich schauten uns nur voller Mitleid an und wurden still, wenn wir nebenan hörten, wie er im Badezimmer schrie, daß man hineinstürzen und ihn hätte retten mögen, weil es fast unmöglich ist, jemandem mit dem Metallstäbchen, auch wenn Watte drum ist, die Ohren zu putzen, ohne daß man versehentlich immer durchs Ohr durch direkt ins Gehirn kommt, und wir konnten uns noch gut daran erinnern und waren froh, daß die Mutter es bei uns nicht mehr machte, sondern uns nur noch in die Ohren sah und sagte, du mußt dir aber wirklich die Ohren mal waschen. Wir kämmten uns längst auch selbst, und wir durften uns selber die Haare waschen und die Nägel schneiden, und Flori tat uns leid, wie er nebenan brüllte, wenn die Mutter ihm die Nagelhaut an den Fingern und Zehen zurückschob, damit sie an den weißen Monden sehen konnte, ob er auch ein gesunder Junge ist, und wir wußten noch genau, wie es ist, wenn beim Zurückschieben die Nagelhaut dauernd einreißt, daß man brüllen muß; manchmal hörten wir ihn nebenan leise jammern, wenn er den Bauchnabel sauber gemacht bekam oder die verstopfte Nase, weil er immer Schnupfen hatte. Wasa und ich hatten im Winter zwar auch immer Schnupfen, aber bei uns wirkte das Penicillin noch einigermaßen, weil wir während unserer ersten Lebensjahre im Osten gewesen waren und dort kein Penicillin bekommen hatten, bei Flori wirkte es nicht mehr, und der Arzt hatte der Mutter geraten, ihm mit einer Gummipumpe erst einmal die Nase abzupumpen und dann Nasentropfen hineinzuträufeln, und Flori sagte, wenn sie mit der Pipette an den Augen vorbeikommt, kann ich nicht anders, ich muß einfach anfangen zu heulen, und dann ist sie schon gleich im Gehirn drin, und die Mutter sagte, vom Schnupfen ist es nicht weit bis zur Stirnhöhlenvereiterung.

Am meisten aber tat mir leid, daß Flori vor dem Einschlafen niemanden zum Sprechen hatte, so wie

Wasa und ich uns hatten. Aber weil er niemals jemand zum Einschlafen gehabt hatte, fehlte ihm nichts, und es machte ihm gar nichts aus. Wenn ich Wasa vor dem Einschlafen früher gefragt hatte, glaubst du, das muß so weh tun, hatte Wasa mich daran erinnert, daß es in Waisenhäusern noch ganz anders weh tun würde, und dadurch war es im Grunde ganz leicht gewesen; wir haben einfach über fast alles gesprochen, was uns durch den Kopf ging und was wir nicht verstanden, und es war eine ganze Menge davon in unseren Köpfen, und wenn wir eine Weile darüber gesprochen hatten, waren wir immer noch nicht sicher, ob wir es jetzt verstehen, aber wir waren froh, daß wir uns hatten.

Es gab natürlich auch die Kinder in der Siedlung und später Freundinnen aus der Schule, aber es war nicht dasselbe, weil sie Westkinder waren, und wir waren Ostkinder und würden Ostkinder bleiben. Auch wenn wir uns noch so anstrengten, Westkinder zu werden, wurden wir keine, und wir wußten zwar nicht genau, was der Unterschied zwischen Osten und Westen war, aber er war gewaltig, weil sie dazwischen den Stacheldraht hatten und ihren Kalten Krieg mit hüben und drüben lauter Idioten. Auch zwischen der Ami-Siedlung und unserer war Stacheldraht, und von unserer Siedlung ging keiner in die Ami-Siedlung, weil wir mit den Ami-Kindern nicht spielen durften, und wahrscheinlich durften die Ami-Kinder mit uns auch nicht spielen, weil die Amis zwar solche Idioten gewesen waren, daß sie nach dem Krieg Kaugummis an Nazis und Nazikinder verteilt hatten, aber bestimmt waren sie doch nicht solche Idioten, daß sie ihre Kinder mit Nazikindern in einem kreuz und quer verminten Land spielen lassen wollten.

Die Ami-Kinder waren aber immerhin viele und nicht so wenige wie wir drei Ostkinder, sie waren sogar ziemlich viele, eine ganze Siedlung voll, mit einer eigenen Schule, sie spielten mit Mannschaften auf riesigen Sportplätzen Ball, und sie hatten auch einen eigenen Ami-Sender, wenn sie den hörten, konnten sie vielleicht etwas über Amerika herausfinden, auch wenn sie nicht mehr wußten, wie es dort aussah, wir dagegen waren nur drei Ostkinder ohne eigenen Sportplatz, und wenn die Mutter in der Küche Ostsender hörte, gingen wir lieber hinaus, weil es uns bedrückte, wenn sie vom Ostsender Heimweh bekam. Sie hatte natürlich nicht nach dem Staat Heimweh, der diesen Sozialismus nicht zum Laufen bekommen hatte wegen der Idioten von Russen, die den einzigen Kommunisten gleich nach dem Krieg erschossen hatten. Die Mutter wollte möglichst überhaupt nichts mit egal welchem Staat zu schaffen haben, sie sagte, ich habe zwei Diktaturen hinter mir, ihr wißt ja nicht, wie das ist; und wir wußten es nicht; aber ihrer Kinder wegen war sie schließlich im Westen gelandet, wo es die freien Wahlen gab, damit die Kinder nicht unterdrückt wurden, und das war jetzt genug Staat, mehr Staat brauche ich nicht, sagte die Mutter; den Ostsender hörte sie aber doch aus Heimweh, nur war es ein Heimweh nicht nach dem Staat, auch nicht nach ihrer Mutter, sondern nach dem Land, und wir gingen lieber raus, weil wir uns an das Land nicht erinnern und nicht mit ihr Heimweh danach haben konnten, das wäre gelogen gewesen, aber eine Art Heimweh bekamen wir auch, wenn wir sahen, wie die Mutter Heimweh hatte, nur hätte es ihr ja nicht geholfen, wenn wir gesagt hätten, wir haben auch Heimweh, aber wir können uns nicht erinnern, wie es da aussieht, wonach wir Heimweh haben. Einmal sagte ich, aber Mama, jetzt komm doch, ich finde, hier ist es auch ganz schön, und ich dachte dabei nicht so sehr an den Bunker, sondern eher an die Teppichstangen hinterm Haus, an denen ich freihändig Knierädchen mit Abspringen machen konnte, und an einen ganz bestimmten Birnbaum, von dem jemand gesagt hatte, er sei veredelt; als ich das sagte, drehte die Mutter den Idioten von Ulbricht im Radio ab und sagte, Deutschland ist überhaupt ein schönes, das schönste Land, das ich kenne, Deutschland hat die allerschönsten Landschaften, die sich ein Land nur wünschen kann, andere Länder haben nicht so viele verschiedene schöne Landschaften wie Deutschland, und dann sagte sie weiter, denkt nur, Kinder, all die schönen Landschaften, die wir schon gesehen haben. Ich dachte ganz fest an die Teppichstange hinterm Haus. Von den Alpen, sagte sie, die schöne Donau und die Donau-Auen, der Neckar, der Vater Rhein bis hoch hinauf in den Norden, bis zur Elbe und zur friesischen Nordsee und Ostseeküste, was das für schöne Landschaften sind. Wasa schaute auf ihre Hausschuhe, und ich dachte, was heißt das eigentlich, wenn ein Birnbaum veredelt ist, weil ich nur das Wort kannte, aber nicht wußte, was es bedeutet. Die Mutter zählte manchmal die schönen Landschaften auf, sie kannte alle Flüsse, die da hindurchfließen, und sie zählte sie immer von unten nach oben. Wenn wir Stadtlandfluß spielten, schrieb sie auch Flüsse hin, die sonst nicht vorkamen. Aber wir wußten genau, daß die Nazis sie in diesem Lied gehabt hatten, und schließlich hatten die Nazis den Krieg gemacht. Und wenn wir dann vor dem Einschlafen darüber sprachen, sagten wir nichts vom Rhein, aber manchmal sprachen wir über die Nazis, weil alle über die Nazis sprachen, nur eben in einer so undeutlichen Art, daß wir nichts Genaues verstanden; immerhin wußten wir aber sicher, im Osten gab es keine Nazis, weil sie im Osten gegen die Nazis waren, also konnte die Mutter wohl keiner sein; andererseits waren wir inzwischen aber in den Westen gegangen, und der Vater sagte, der Westen wimmelt nur so von Nazis, und wenn wir fragten, wieso, weil wir dachten, die Amis hätten den Westen von Nazis befreit, erklärte er uns, daß alle ehemaligen Ost-Nazis sich entweder aufgehängt oder, wenn sie Familien hatten, erst der Reihe nach die ganze Familie und zuletzt oft auch noch sich selbst erschossen hatten, und die ganz Vornehmen hatten Gift gegessen, und wer aber von den Nazis ein Automobil gehabt hatte, war damit schnell noch nach Kriegsende gegen die Wand gefahren, der Rest hatte Beine gemacht und gesehen, daß er schleunigst in den Westen kam, sobald nach dem Krieg die Russen angerückt waren, so daß die Russen zum Erschießen schließlich nur noch einen Kommunisten fanden, den Knoll, diese Idioten, und den erschossen sie dann, während auf der anderen Seite die Nazis gemütlich ihre Ami-Kaugummis kauten. Bei uns wurden immerhin keine Kaugummis gekaut; wenn wir einen schlechten Geschmack im Mund hatten, putzten wir uns die Zähne oder spülten den Mund mit Mundwasser aus; die Mutter war gegen die amerikanischen Sitten, weil das meiste, was aus Amerika kam, bloß Plastik und künstliches Zuckerzeug war.

Irgendwann hatte der Krieg in dieser Wohnung angefangen, sich auf die amerikanischen Sitten und die amerikanischen Schallplatten auszudehnen, die der Vater sich, seit er Geheimnisse hatte, neuerdings kaufte. Alle paar Tage kam er mit Schallplatten nach Hause, und wenn er zu Hause blieb, legte er sich abends aufs Sofa, sah sich die Decke an, rauchte eine Zigarette an der anderen und hörte eine Platte nach der anderen. Manchmal sagte er, wenn sie nicht solche Idioten wären und nicht den verdammten Krieg da drüben machten, ginge ich am liebsten nach Amerika, es muß doch irgendwo auf der Welt noch ein Land zu finden sein, in dem man als freier Mensch leben kann.

Wir kannten die Geschichte, wie der Vater von den Weltjugendfestspielen in Ostberlin abgehauen war, wo sie als Chor hingefahren waren und alle ihre Ostlieder singen mußten, und während die anderen die Ostlieder gesungen hatten, war er nach Westberlin abgehauen und hatte verbotene Ami-Musik gekauft. Negermusik, sagte die Mutter. Alle im Chor machten sich Sorgen, weil er weg war und sie für ihn mitsingen mußten, sie dachten natürlich, er wäre verhaftet worden oder würde ganz drüben im Westen bleiben, deshalb hatte sich besonders seine spätere Frau sehr Sorgen gemacht, schließlich kam er aber doch wieder, und dann hätte er eigentlich gleich doppelt verhaftet werden müssen, einmal weil er im Chor nicht mitgesungen hatte, und dann noch mal wegen der Platten, er wurde ins Verhör genommen, aber irgendwie kam er zuletzt aus der Sache noch raus. Am Ende ging er zwar in den Westen, aber im Westen wimmelte es nur so von Nazis und Geldsäcken, und wer ein Nazi gewesen war, wurde sofort im Westen ein Geldsack. Der Vater mochte irgendwann über die Kalte-Kriegs- und Präsidenten-Witze nicht mehr allein lachen, und wenn er seine Schallplatten auflegte, wurde seine Frau davon krank, weil es Negermusik war und sie daran denken mußte, wie sie bei den Weltjugendfestspielen alle gedacht hatten, er sei verhaftet worden oder womöglich ganz abgehauen, und wenn die Mutter etwas auf den Tod ängstigte und ganz krankmachte, dann war es der Gedanke, er könnte abhauen und irgendwann einmal wirklich wegbleiben, am Ende nach Amerika, zu den Negern, dem Plastikzeug und den künstlichen Sitten.

Wenn wir uns vorstellten, Wasa und ich, vor dem Einschlafen, während von drüben die Musik durch die Wand rieselte, er würde nach Amerika abhauen, weil er manchmal so träumerisch davon sprach, daß wir dachten, womöglich macht er es wirklich, dann stellten wir uns vor, er würde in Amerika verbotene Negermusik machen, am liebsten auf einem Saxophon.

Wenn von zweien einer Heimweh hat, und der andere will nach Amerika, passen sie einfach nicht zusammen, sagten wir, und sie sagten es auch. Manchmal sagte der Vater im Spaß, weißt du, Irene, im Grunde deines Herzens bist und bleibst du ein waschechter oller Nazi, und wir erschraken, weil wir es schon schwierig genug fanden, Ostkinder zu sein, und es wäre entsetzlich gewesen, zusätzlich auch noch Nazikinder zu sein, aber dann sagten wir uns wieder, daß man nicht beides zugleich sein kann. All dies war schwer zu verstehen, und wir lagen oft im Bett lange wach und erzählten uns immer wieder, was wir gehört und verstanden hatten, aber es war kläglich wenig, weil wir alles nur bröckchenweise erfuhren und dann zusammenzulegen versuchten, aber niemals fanden wir jemand, der es uns mal am Stück und im Ganzen erklärt hätte, die anderen Kinder in der Siedlung schon gar nicht, am ehesten noch die großen Jungen in der Siedlung, aber die redeten nur von oben nach unten mit Mädchen, und wir mochten sie nicht direkt fragen, weil das leicht peinlich wurde und sie uns zeigten, was sie von Mädchen hielten; die anderen Mädchen fielen gleich aus, weil die Mädchen in der Siedlung und in der Schule tuffige rosa Plastikunterröcke anhatten und schwarze Lackschuhe mit Riemchen, sie sahen wie Ballett-Tänzerinnen aus oder wie Eisprinzessinnen, und Eisprinzessinnen kann man nicht nach den Nazis und dem Osten ausfragen, weil sie viel zu schön sind, als daß sie überhaupt wüßten, was das ist, und als die Eisprinzessinnen später irgendwann genug von den Plastikunterröcken hatten, zogen sie Ami-Hosen an, bekamen Reitunterricht und kauten in der Schule Kaugummi; sie malten Pferdeköpfe und schrieben mit grüner Tinte eine dicke Schrift, die bei manchen nach rechts, bei den meisten nach links kippte, und Wasa und ich waren auch dann noch Ostkinder ohne Lieblingspferde und hatten als Ostkinder eine dünne steile Schrift mit blauer Tinte; wir trugen Schottenröcke über Kniestrümpfen, die immer rutschten, oder Strumpfhosen, die die Mutter abends am Knie stopfte, und während sie die Knielöcher mit einem Stopfei stopfte, das sie von ihrer Mutter aus dem Osten hatte, wurde sie auch noch krank von der Negermusik. Den Vater konnten wir schon gar nicht nach all den komplizierten Angelegenheiten fragen, weil wir zwar seit den Schmalzbroten und dem Geheimnisalter vermutlich in der Sache auf seiner Seite waren, aber die Stiefmutter mußten wir unter allen Umständen vermeiden. Seit der Vater die Negermusik hörte, befürchteten wir, daß er eine amerikanische Stiefmutter für uns in Vorbereitung hatte, womöglich sogar eine Neger-Stiefmutter, und eine Ami-Stiefmutter durfte uns nicht passieren. Ausgeschlossen.

Dabei wäre gerade eine Ami-Stiefmutter einigermaßen aufregend gewesen, wir fanden sie in gewisser Weise sogar äußerst verlockend, weil wir auf die Art an Kaugummis und allerhand anderes künstliches Zuckerzeug herangekommen wären, das es bei uns nicht gab, und auch noch an andere Sachen, von denen wir in unserer Siedlung höchstens träumen konnten; die Amis in der Siedlung nebenan saßen im Sommer immer alle zusammen draußen vor ihren Häusern auf der Wiese, und wenn sie fertig Ball gespielt hatten, fingen sie an, Fleisch und Würstchen zu grillen, und es gibt nichts Besseres als an Sommerabenden den Geruch von Gegrilltem in Schwüngen vom Abendwind herübergeweht zu bekommen und die Stimmen dazu zu hören, wenn sie reden und immer dazwischen mal lachen; wir hätten im Grunde nichts gegen eine Stiefmutter gehabt, die uns abends vor dem Haus oder hinten bei den Teppichstangen auf der Wiese Würstchen grillt und von morgens bis abends mit künstlichem Zukkerzeug vollstopft; am Wochenende hätten wir mit dem Zuckerzeug kurz eine Pause eingelegt, wären zu unserer Erstmutter gefahren und hätten bei ihr Brathähnchen mit Limonade bekommen und hinterher drei Bällchen Eis, weil sie sich jedesmal extra angestrengt hätte, und sie hätte aufgepaßt mit den Brathähnchen, daß sie auch knusprige Haut bekämen, weil sie ja wußte, daß wir eine Ami-Stiefmutter hatten, die uns jeden Abend Würstchen grillt, anstatt wie die gräßliche Osterloh-Zweitmutter Grünebohnensuppe mit Fäden zu kochen, und im Prinzip wäre das also die Lösung aller unserer Probleme gewesen; ganz nebenbei hätten wir nämlich die Schottenröcke mitsamt den rutschenden Kniestrümpfen und gestopften Strumpfhosen auch noch vom Hals gehabt, weil die Ami-Mütter nichts vom Osten wußten und Stopfeier gar nicht erst kannten, sie hatten ja schließlich ihre Ami-Hosen an, grillten abends Würstchen und hörten Negermusik, statt davon und von Stopfeiern aus dem Osten krank zu werden und jung zu sterben, und es hätte im Grunde die Lösung sein können: Wir wären mit einem Schlag Westkinder geworden, aber nicht nur einfach Westkinder wie die Kinder, die wir kannten, sondern als Westkinder genau die einzige und besondere Sorte, die wir bedenkenlos sein konnten, weil die Amis ganz sicher keine Nazis gewesen waren, sondern die Deutschen von den Nazis befreit hatten. Zumindest hatten sie es versucht, wenn es auch nicht ganz geklappt hatte, weil sie solche Idioten waren, die Nazis und Nazikinder mit Kaugummis zu füttern. In der Frage der Ami-Stiefmutter waren wir also gewaltig in Versuchung, uns wieder auf die Seite des Vaters zu stellen, und von allen Ami-Stiefmüttern hätte eine Neger-Stiefmutter uns sogar am besten gefallen, weil wir eben Ostkinder waren und als Ostkinder nie mit Negerpuppen gespielt hatten, Ostkinder spielen mit Käthe-Kruse-Puppen, und inzwischen waren wir zwar aus dem Puppenalter längst raus und im Geheimnisalter, wir hatten die Negerpuppen versäumt, aber von einer Neger-Stiefmutter wären gemischte Halbgeschwister zu erwarten, und gemischte Halbgeschwister wären immer noch ziemlich dunkelbraun. Die Idee als solche gefiel uns also über die Maßen, aber trotzdem hofften wir inständig, und Wasa hat sogar einmal mit gefalteten Händen darum gebetet, daß der Vater, wenn er so auf dem Sofa lag und träumerisch an die Decke sah, von selber darauf käme, daß die Lösung mit der Ami-Stiefmutter, so ideal sie auf den ersten Blick schien, nicht klappen konnte. Nicht bei uns in der Siedlung. Wir hofften sehr, daß er gelegentlich zugehört hatte, wenn zwei Frauen im Treppenhaus standen und sich unterhielten oder beim Einkaufen in der Kassenschlange, denn wenn er da nur ein einziges

Mal zugehört hatte, dann mußte er wissen, daß den Frauen bei uns in der Siedlung den lieben langen Sommer über nichts anderes übrig blieb, als alle zwei Tage auf die Leiter zu steigen, die Küchen- und Eßzimmergardinen abzunehmen, die sie frisch gewaschen erst gestern aufgehängt hatten, und heute mußten sie sie schon wieder waschen, weil die verdammten Cowboys da drüben ihre Wildwestfeuerchen machen, daß bei uns die Gardinen verkokelt stinken, und der Rauch setzt sich in die Gardinen, und wir haben dann die Arbeit davon. Wenn er bei diesen Gesprächen nur einmal zugehört hatte, mußte er wissen, daß aus dem Grillvergnügen vor dem Haus nichts werden würde, weder zur Ami-Seite hin vor dem Haus noch hinten bei den Teppichstangen auf der Wiese; bei den Teppichstangen schon gar nicht, weil nach hinten die Wohnzimmer mit den Balkons lagen, und unsere Hausverwaltung konnte zwar gegen die verdammten Cowboys nicht einschreiten und überhaupt nichts unternehmen, weil sie uns vor den Nazis gerettet hatten und jetzt bei uns saßen und kokelten und feuern durften, soviel sie wollten, aber eine einzelne Ami-Stiefmutter hätte trotzdem nicht einfach hinterm Haus bei uns anfangen können zu kokeln, daß unsere Mütter den Rauch auch noch in den Wohnzimmergardinen sitzen hätten, die Frauen in unserer Siedlung würden die Hausverwaltung anrufen und sagen, daß sie anderes zu tun hätten, als wegen einer angeheirateten Ami-Stiefmutter andauernd nur die Gardinen zu waschen, anstatt den Sommer zu genießen, der bei dem Gestank auch ohne Gardinenwäsche nur schwer zu genießen war, und die Hausverwaltung hätte natürlich leicht durchsetzen können, daß bei uns nicht gekokelt wird, weil die Ami-Stiefmutter eben nicht mit einem Ami-Vater und Ami-Kindern in ihrer eingezäunten Ami-Siedlung wohnte, sondern mit unserem Vater und uns in unserer Siedlung, wo die Amis dann immerhin doch nicht einfach herkommen und machen durften, was sie wollten, sondern da ging es nach den Regeln von unserer Hausverwaltung, und an die müßten sogar Ami-Stiefmütter sich halten. Aus dem Grillen hinterm Haus bei den Teppichstangen würde also nichts werden. Und wenn der Vater manchmal davon sprach, als freier Mensch leben zu wollen, waren wir erleichtert, weil er offenbar wußte, daß eine Ami-Frau hier in der Siedlung Ärger bedeuten würde.

Nur, so dachten wir, war ihm dann bestimmt auch klar, daß weder die Ami-Stiefmutter noch seine Kinder anfangen würden, Grünebohnensuppe zu mögen, bloß damit die neue Frau Osterloh nicht Gardinen waschen müßte, und hier begann das eigentliche Dilemma: Wir vermuteten sehr stark, daß mit all den Schwierigkeiten, die da zu erwarten waren, sein Wunsch zusammenhing, als freier Mensch in einem Land zu leben, in dem es keine Gardinen gab und wo er seiner neuen Frau und den Kindern ihr Grillvergnügen lassen könnte. Und genau daran mußten wir ihn um jeden Preis hindern. Genau das ging nämlich leider nicht. Ich wußte es, Wasa wußte es, und sicherheitshalber schärften wir Flori auch ein, daß er unbedingt, wenn der Vater von Amerika und dem freien Menschen anfinge, eisern dagegen sein müsse. Flori fiel es sehr schwer, gegen Amerika zu sein, weil er im Indianeralter war, aber wir waren zwei Große gegen einen Kleinen und drohten ihm an, ihn fürchterlich zu verdreschen, wenn er auch nur ein Wort für Amerika spräche, weil es tödlich wäre, wenn wir wegen der Grillerei unserer Ami-Stiefmutter nach Amerika gingen und von Amerika aus natürlich nicht am Wochenende die Erstmutter besuchen und bei ihr Brathähnchen essen könnten, es würde sie auf der Stelle umbringen, wenn sie hörte, wir gehen nach Amerika zu den Negern und den künstlichen Sitten, und sie bleibt hier ohne uns sitzen. Und wenn es sie vielleicht nicht auf der Stelle umbringen würde, wäre es fast noch schlimmer, weil sie sich sehr schnell entschließen würde, ihre Kinder keinesfalls in ein Land ziehen zu lassen, wo offene Feuer und von Zuckerzeug verdorbene Mägen und Zähne das mindeste wären, was uns dort zustoßen würde. Die Mutter wußte natürlich genau wie alle Leute, die manchmal Zeitung lesen oder beim Friseur in Illustrierten blättern, daß die Neger dort sich längst gar nicht einmal mehr die Mühe machten, in die Wohnungen einzubrechen, sondern uns gleich bei hellichtem Tage auf offener Straße anfallen und ausnehmen und umlegen würden, und vor all dem könnte sie uns nicht retten, wenn wir in Amerika wären, und sie bliebe allein hier und würde jeden Tag auf die Nachricht warten, daß ihre Kinder auf offener Straße angefallen, ausgenommen und umgelegt worden sind. Das würde sie niemals zulassen, und davor würde sie sich und uns gründlich beschützen, Wasa und ich wußten, ohne daß wir es sagen mußten: In diesem Falle würde sie uns zur Not aus dem Bett holen und ins Auto stopfen, und wir würden uns auf dem Grund des Rheinflusses wiederfinden, da wüßte sie uns gerettet.

Wir machten uns eine Weile Gedanken, wie wir das alles verhindern könnten. Wasa sagte, nach einer Scheidung kommt man doch meistens zur Mutter, aber davon hatten wir nichts, weil dann noch immer der Vater weg war, und wenn es ihr schon ans Leben ging, daß er hier in Europa wegging und sie sich Sorgen um ihn machen mußte, weil er sich in fremder Leute Badezimmer einschloß, wo er leicht ohnmächtig werden konnte, dann würden die amerikanischen Einbrecher mit ihren Methoden ihr das Leben bestimmt nicht leichter machen.

Wenn die Mutter mit dem Stopfen fertig war, und es lief immer noch Negermusik, sagte sie oft, ich habe solche Kopfschmerzen, ich glaube, ich nehme das Auto und fahre damit an die Wand. Manchmal sagte sie, ich kann nicht mehr, am liebsten möchte ich gar nicht geboren sein, einfach nicht auf die Welt gekommen. Einige Male nahm sie dann ihre Autoschlüssel, und der Vater sagte, nun komm doch, Irene, nun laß das man sein, aber sie nahm die Autoschlüssel und ging ohne Handtasche und Autopapiere los, einmal vergaß sie sogar, sich die Schuhe anzuziehen, und lief, wie sie war, in Pantoffeln ins Treppenhaus, vielleicht war es ihr auch egal, in Pantoffeln zu sterben, und gleich darauf hörten wir unten die Tür zuschnappen, aber der Vater war ihr wieder nicht nachgerannt.

Normalerweise merkt man nicht, daß man einen Herzschlag hat, aber wenn der Herzschlag aufhört, merkt man, daß man ihn gerade eben noch gehabt hat, weil es sich an der Stelle, wo er gewesen ist und eigentlich sein müßte, leer und eisig anfühlt, wenn er plötzlich aufhört, und so war es mir immer, wenn sie mit dem Autoschlüssel in der Hand und sonst nichts aus der Wohnung ging, um mit dem Auto an eine Wand zu fahren. Bis sie wiederkam, saßen wir jedesmal alle still im Wohnzimmer und wußten nur, daß sie nicht wiederkommen würde, nicht nur beim ersten Mal, sondern auch später, als sie schon mehrere Male wiedergekommen war, aber wir gewöhnten uns nicht an das Wiederkommen, wenn sie nur mit dem Autoschlüssel in der Hand aus der Wohnung ging, um an die Wand zu fahren, wir wußten jedesmal wieder, daß sie es ernst meinte, also warteten wir, daß sie nicht wiederkommen würde, und ich überlegte manchmal, wie es danach weitergeht, aber es ging dann so schlimm weiter, daß ich versuchte, es mir lieber nicht vorzustellen, aber wenn ich einmal angefangen hatte, daran zu denken, dachte es sich von selbst immer weiter, und dann kam sie irgendwann wieder und mußte unten klingeln, weil sie ja keinen Hausschlüssel mitgenommen hatte. Sobald sie unten klingelte, schickte der Vater uns alle in unser Zimmer, Flori durfte zu uns und mußte erst zum Schlafen in sein eigenes Zimmer, die Mutter kam später zum Gutenachtsagen herein, setzte sich auf eine Bettkante und erzählte uns, wie schön wir früher gelebt hatten, als wir Kinder alle noch klein waren, und wie wir alle immer fröhlich gewesen waren und gelacht hatten, dann weinte sie und putzte sich die Nase, die Nase war vom Weinen schon rot, und dann sagte sie, nein, Kinder, glaubt mir, leben ist nicht schön, das Leben hat es nicht gut mit mir gemeint, bevor sie uns einen Gutenachtkuß gab. Wasa drehte sich immer zur Wand weg, damit der Gutenachtkuß sie nicht so traf, weil er vom Weinen und Naseputzen naß war, aber ich dachte, daß das Leben es nicht gut mit der Mutter meinte und wie gut es war, daß sie sich trotzdem nicht mit dem Auto an die Wand gefahren hatte, sondern zum Glück wiedergekommen war, ich war so froh darüber, daß mir der Kuß nichts ausmachte.

Wenn sie draußen war, überlegte ich, wann das mit dem Gelachthaben gewesen sein könnte, und ich konnte mich nicht erinnern, manchmal fragte ich Wasa, weil sie die Ältere war, aber sie konnte sich auch nicht erinnern, und dann sagten wir, das war wahrscheinlich im Osten, und wir wurden fast ein bißchen verrückt daran, weil es ja im Osten auch nicht gewesen sein konnte wegen der Idioten von der LPG, die überall Zettel dranmachten und ihren Sozialismus nicht zum Laufen brachten, sondern bloß immer Unterdrückung, vor der die Flucht uns gerettet hatte und die ja bestimmt nicht zum Lachen gewesen sein konnte. Außerdem sagte die Mutter oft, wenn ich bloß nicht mal werde wie meine eigene Mutter, versprecht mir, daß ihr mir sagt, wenn ich so werde wie meine Mutter; wir wußten nicht, wie ihre Mutter war, aber jedenfalls konnte es da auch nicht viel gewesen sein mit Lachen; das einzige, was am Osten funktionierte, waren ganz offensichtlich die Ostwitze, aber über Witze konnte sie eben nicht lachen, nicht so richtig. Der Vater sagte, da hatte man nichts zu lachen, wenn er an seine Schwiegermutter dachte, die immer sofort angefangen hatte, sehr sonderbar und beleidigt vor sich hin zu hüsteln, wenn sie ihn nur von weitem sah, und je näher er kam, um so mehr wurden aus dem beleidigten Hüsteln regelrechte Hustenanfälle, weil sie es nicht ertragen konnte, daß es ihn überhaupt gab. Der Vater machte uns manchmal vor, wie sie gehüstelt hatte, und wir konnten uns also nicht vorstellen, wie wir alle im Osten gelacht haben könnten, außer vielleicht der Vater, wenn er wegging und sie diese guten Ostwitze erzählten. Immerhin konnten wir uns so wenig an den Osten erinnern, daß es dort vielleicht hätte gewesen sein können, während wir uns an danach ausreichend erinnern konnten und genau wußten, daß es schon gleich am Anfang diese Rheinfahrt gegeben hatte und wir seitdem hofften, daß sie sich endlich scheiden lassen, damit die Mutter nicht ernst machen mußte und dann jung starb.

Ich konnte mich an absolut gar nichts erinnern aus dem Osten, und die Fotos, die wir hatten, waren alle schwarzweiß und bräunlich vergilbt, aber Wasa sagte, es muß Johannisbeeren gegeben haben, ich erinnere mich genau, ich schmecke sie richtig, wenn ich an den Osten denke, und dann erinnerte sie sich noch daran, daß die Mutter ihr Senf auf den Daumen gestrichen hatte gegen das Daumenlutschen. Das war alles, und schon bei dem Senf war ich nicht sicher, ob sie sich selbst daran erinnerte oder ob sie die Erinnerung nur von der Mutter hatte, die manchmal nachsah, ob ihre Daumen immer noch krumm und schief waren oder endlich mal anfingen, gerade zu wachsen, und dann sagte die Mutter, die anderen beiden haben gerade Daumen, nur bei dir Daumenlutscherchen sind die Daumen so häßlich verwachsen, aber Wasa sagte, sie hätte es nicht von der Mutter, sondern würde sich selbst erinnern, sie wüßte noch genau den Senfgeschmack, wenn sie den Ostsenf vom Daumen geleckt hatte, sie sagte, der Ostsenf ist nicht richtig gelb wie unserer, und außerdem schmeckt er anders, und ob sie es nun von der Mutter hatte oder vom Senfgeschmack, es war jedenfalls nicht sehr viel, was sie an Ost-Erinnerung hatte, und im großen und ganzen sah es nicht sehr nach Gelachthaben aus. Wenn wir beide allein über etwas lachten, also Wasa und ich, dann wußten wir schon, daß die Mutter darüber bestimmt nicht lachen würde, manchmal tat es ihr regelrecht weh, wenn sie hörte, wie wir in unserem Zimmer lachten, und dann kam sie rein und sah nach, worüber wir lachten; und beim Lachen über unseren Lieblingssatz mit der blauen Haubitze und dem stocknüchternen Fahren zog Wasa sich immer die Decke über den Kopf, weil sie nicht wollte, daß die Mutter es hörte und daran nichts zum Lachen fand.

Mitten in der amerikanischen Zeit sagte der Vater eines Abends, Kinder, zieht euch an, wir gehen ins Kino. Die Mutter war auf dem Elternabend von Floris Klasse, und er legte ihr einen Zettel hin, auf dem stand, daß es spät würde und wir ins Kino gingen. Wir dachten, es gäbe einen Karl-May-Film bei uns in dem Vorort-Kino, in das wir früher manchmal am Sonntagvormittag gegangen waren, aber er fuhr in die Stadt und freute sich beim Fahren so über die Überraschung und auf den Film, daß er die ganze Zeit pfiff und uns zwischendurch raten ließ, was für ein Film das wäre, aber wir kamen natürlich nicht darauf, was es für ein Film sein könnte, weil wir Emma Peel kannten und eben alle Karl-May-Filme und das Doppelte Lottchen, und dann kamen wir ins Kino. Es war riesig und rot, und der Vater sagte, das ist das größte Kino der Stadt, hier spielen sie Breitwandfilme, und freute sich. Im Kino spielten sie erst einmal, solange es noch hell war, immer hintereinander genau dasselbe Lied, das der Vater vorher im Auto gepfiffen hatte, bis es dunkel wurde und der Film anfing. Zwischendurch war eine Pause, wir gingen vor die Tür, weil der Vater rauchte, und dann standen wir draußen, der Vater erzählte uns die erste Hälfte des Films noch mal, weil wir nichts verstanden hatten, und danach hatten wir immer noch nichts verstanden, aber es machte uns nichts mehr aus, und wir hatten das Gefühl, daß es jetzt weitergehen könnte. Flori sagte, hoffentlich kommt der Krieg nicht hierher. Dann ging es weiter und wurde immer schlimmer, es war gräßlich und schön auf einmal, manchmal, wenn es besonders gräßlich war, kamen riesige Felder mit Osterglocken zur Erholung, das ganze Kino war dann von links nach rechts voller Breitwand-Osterglocken, und ich merkte es mir, weil es so gelb war und ich mich einen Moment lang erholen konnte, aber Wasa sagte später vor dem Einschlafen, es waren Sonnenblumen, und sie hätte es sich ganz genau gemerkt, weil es das einzige an dem Film war, was sie ganz sicher wüßte, und wenn ich jetzt sagte, es wären Osterglocken gewesen, dann hätte ich entweder nicht richtig hingesehen, oder es wäre sinnlos gewesen, daß sie sich ausdrücklich die Sonnenblumen gemerkt hatte, weil sie eben doch nicht mit Sicherheit Sonnenblumen gewesen waren. Immerhin war das rote Kino ein paarmal während des Films, wenigstens für Wasa und mich, voll mit gelben Breitwandblumen gewesen. Wenn wir versuchten, uns zu erzählen, was wir sonst noch gesehen hatten, kamen wir immer mehr durcheinander.

Das einzige, was wir sicher gesehen und verstanden hatten, war die Sache mit der Erst- und der Zweitfrau, und es war klar, daß unser Vater so wie der Mann im Film sein wollte, der Arzt ist und erst eine dunkelhaarige Frau heiratet und dann noch eine blonde Zweitfrau bekommt, obwohl er eigentlich keine Zweitfrau will, aber es ist nichts dagegen zu machen, und schließlich reitet er von seiner Erstfrau und den Kindern auf dem Land immer in die Stadt zu der anderen Frau. Aber dann sagt er ihr, daß er jetzt nicht mehr zu ihr reiten wird, weil seine Erstfrau demnächst ein Kind kriegt, sie weint und sagt, sie glaubt nicht, daß er nicht mehr zu ihr reitet, und dann reitet er wieder zurück und wieder hin und wieder zurück, immer so weiter, bis ihn einmal auf dem Rückweg die Roten schnappen, jedenfalls dachten wir, daß es die Roten gewesen sein mußten, weil sie ihn die ganze Zeit vorher schon beobachtet und überall rumspioniert hatten und alles von seiner Zweitfrau wußten, und Zweitfrauen waren bei den Roten verboten, und sie erschossen jeden, der eine hatte, und schließlich lauern sie ihm auf und schnappen ihn, weil sie gerade einen Arzt brauchen für ihren Krieg gegen die Weißen, und dann hat er nur die Wahl, Erschossenwerden oder Mitreiten. Vor der Pause war auch die ganze Zeit schon Krieg gewesen, aber richtiger Krieg gegen die anderen, und ich sagte, es war übrigens der Weltkrieg, glaube ich, aber Wasa sagte, das wußten sie damals ja nicht, als er anfing; und im Krieg trifft der Mann zufällig die spätere Zweitfrau wieder, die er schon von vor dem Krieg kennt, weil sie auf seiner Verlobungsfeier aufgetaucht ist, um einen dicken Mann zu erschießen, der offenbar ein Geldsack ist und ihr schöne Kleider geschenkt hat, und jedenfalls wollte sie ihn erschießen, aber der Schuß ging nur in den Arm.

Es gab jede Menge Zufälle in dem Film, mit denen wir nicht zu Rande kamen, und am Schluß ging er elend schlecht aus. Zwar schaffte es der Arzt schließlich, von den Roten abzuhauen, aber davon sahen wir nur einen Teil, weil wir zwischendurch die meiste Zeit die Augen zumachen mußten, und also kriegten wir fast nichts mehr richtig zusammen; aber Wasa hatte immerhin gesehen, wie der Mann abhaute, sie sagte, es war so: Alle ritten hintereinander übers Eis, und sie hatten Mützen auf, deshalb konnte man niemand erkennen, und vorher hatten sie alle erschossen und alle Dörfer abgebrannt, in denen sie noch Menschen fanden, manchmal fanden sie keine mehr, weil sie zu spät gekommen waren und schon die anderen da gewesen waren und alle erschossen hatten und die Dörfer abgebrannt; im Grunde brauchten diese Roten gar keinen Arzt, weil immer alle schon tot waren, wenn sie ihn riefen, sie brauchten ihn nur, damit er ihnen sagte, daß wirklich alle tot sind und ganz bestimmt keiner mehr lebt; irgendwann, sagte Wasa, als sie so übers Eis ritten und weiter alle umbringen wollten und alle Dörfer abbrennen, dreht einer von ihnen langsam sein Pferd beim Reiten in die andere Richtung, und natürlich ist es der Arzt, weil er sowieso kein Roter ist und genug hat und weil er nach Hause will. Dann fällt sein Pferd um, und er geht im Schneesturm zu Fuß weiter; ungefähr an der Stelle hatte ich die Augen auch wieder aufgemacht, und dann war er tatsächlich knapp am Leben und völlig verhungert in der Stadt angekommen und erst einmal zu seiner Zweitfrau gegangen; sie war nicht da, aber in ihrem Geheimversteck unten an der Haustür, das sie immer benutzt hatten, wenn er in die Stadt geritten kam und sie bei der Arbeit war, lag der Schlüssel für ihre Wohnung, und sie hatte einen Zettel geschrieben, daß sie ihn erwartet und nicht da ist, aber schon weiß, daß die Roten nach ihm suchen. Die Roten hatten schon seine Erstfrau und die Kinder erschießen wollen, aber die waren rechtzeitig geflohen und hatten das Land verlassen; und natürlich sollte er auch erschossen werden, weil er ihnen abgehauen war, aber jetzt hatte er den Schlüssel und konnte in die Wohnung rauf. Er sah so erfroren aus von diesem kalten Krieg, daß man beim Zusehen, als er aufschloß, genau spürte, wie warm es in der Wohnung drinnen war, auf dem Tisch stand zugedeckt eine Schüssel Kartoffeln; als er in den Spiegel schaute, kannte er sich nicht wieder und fiel dann in Ohnmacht; später schrieb er mit Handschuhen Gedichte für die Zweitfrau in seinem Haus auf dem Land, das Haus war außen und innen dick voller Schnee, und ich glaubte nicht ganz, daß ein Haus innen so voller Schnee sein kann, es sah wie in einem Märchen aus, wie ein Kristallpalast, aber Wasa sagte, du irrst dich, das war kein Schnee, das war alles bloß Staub, ich sagte, es war kein Staub, hast du nicht die Eisblumen an den Fenstern gesehen, und Wasa sagte, das war doch erst später in dem einen Zimmer, das sie benutzen, weil die anderen voller Staub sind, ich sagte, sie konnten nicht heizen, damit die Roten nicht sehen, daß sie da sind, und

Wasa sagte, was haben sie eigentlich zu essen gehabt, und dann dachten wir nach und kamen darauf, daß es in dem Haus nichts zu essen gab und der Mann die Gedichte schrieb, ohne zwischendurch zu essen. Schließlich läßt er die Zweitfrau von dem Geldsack retten, den sie im ersten Teil fast erschossen hätte und der den ganzen Film über ein Schwein ist. Er schickt sie im Schlitten zum Bahnhof vor und sagt ihr, sie sollten schon mal vorfahren, er käme gleich nach, damit sie sich alle retten könnten, aber er kommt nicht nach, weil er sich nicht von diesem Schwein retten lassen will, und später fährt er mit der Straßenbahn, sieht auf der Straße die Frau und will ihr hinterher, aber sie ist schon weg, und er fällt auf die Straße und stirbt, Herzschlag; und dann ist zuletzt nur noch ein Mann übrig, der immer zwischendurch im Film schon vorkam, und zwar immer dann, wenn ich gerade vergessen hatte, daß es ihn gibt, und bis ich ihn erkannt hatte, hatte ich wieder nichts verstanden, außer daß er ein Roter ist, und schließlich ist er als einziger übrig, und weil alle anderen tot sind, versucht er die Tochter zu finden, und er fragt eine Frau in einer Fabrik, die im Waisenhaus war, ob sie die Tochter ist, aber die Frau kann sich an nichts erinnern. Wasa sagte, sie ist es, schließlich spielt sie doch Balalaika, und da fiel mir wieder ein, wie der Film angefangen hatte: Ein

Kind in Floris Alter ist auf einem Friedhof, seine Mutter ist gestorben und wird beerdigt, das Kind schaut in den Sarg, und auf der Leinwand ist das Gesicht von der toten Mutter in Breitwand, und dann erbt er die Balalaika.

Das alles war schrecklich und riesig gewesen, und wir bekamen es niemals richtig zusammen. Im Auto auf dem Heimweg schon hatten wir angefangen, den Vater danach zu fragen, obwohl wir wußten, daß es uns nicht viel weiterhelfen würde, und er hatte uns den Krieg erklärt und die Revolution mit den Weißen und dem Zaren und den Roten; zuletzt hatte er gesagt, so also fing der Sozialismus an, und wenn man es jetzt so von hier nach rückwärts betrachtet, hätte man im Grunde von Anfang an sehen können, daß sie ihn nicht zum Laufen bringen würden, sondern verbrannte Erde machen, aber vielleicht konnte man es am Anfang noch gar nicht sehen, weil man am Anfang ja drinsteckt, und in der Sache wäre er eigentlich sehr gern auf der Seite der Roten gewesen, vor allem gegen die Weißen wäre er unbedingt auf der Seite der Roten gewesen, aber jetzt, wo man das alles gesehen hat und weiß, kann man es nicht mehr. Wir hatten versucht, gerade das möglichst lieber nicht zu sehen, weil es zu groß war, wenn man es auf Breitwand sah, aber manches war so plötzlich und überraschend passiert, daß wir nicht schnell genug die Augen zumachen konnten, bevor es über uns kam, es war überall um uns herum und zehnmal so groß wie wir selbst. Zuletzt sagte der Vater, das ist wirklich einer der besten Hollywoodschinken, die sie da drüben gemacht haben; und wir erfuhren, daß es noch zwei, drei andere gute Hollywoodschinken gab, einen darüber, wie in Rom die Gladiatoren mit Löwen kämpften, und noch einen anderen über den amerikanischen Bürgerkrieg, und daß wir die auch bei Gelegenheit sehen könnten.

Flori sagte im Auto noch einmal, hoffentlich kommt der Krieg nicht hierher, und der Vater lachte und sagte, keine Angst, dieser Krieg kommt ganz sicher nicht mehr hierher, der ist nämlich aus und vorbei, und den nächsten Krieg haben wir auch schon längst hinter uns, schon seit länger als zwanzig Jahren; darum brauchte Flori sich also keine Sorgen zu machen; aber dann sagte der Vater noch, daß schon der letzte Krieg inzwischen technisch veraltet wäre, solche Kriege führt heute keiner mehr, sagte er, jedenfalls nicht als Weltkrieg, und die Weltmächte passen schon auf, daß keine anderen Kriege als Weltkriege mehr geführt würden; sobald irgendwelche kleinen Länder anfangen, untereinander Krieg zu führen, mischt sich gleich eine Weltmacht ein, und wenn sich die eine Weltmacht einmischt, naht der Augenblick, wo die andere Weltmacht sich auch einmischt, weil eben Kalter Krieg wäre und jeder nur darauf wartete, sich einmischen und den Kalten Krieg in einen dritten Weltkrieg umwandeln zu können, sie lauern genau darauf, und vorher geben sie keine Ruhe; deswegen ist das eine höchst gefährliche Angelegenheit, sagte der Vater, was die Amis da machen, diese Idioten mit ihrem verdammten Krieg. Da kann es verflucht leicht passieren, daß jemand aus Versehen mal auf den Knopf drückt.

Wir wußten, daß die Russen, die Amis und die Chinesen seit Jahren nur darauf lauerten, auf den Knopf zu drücken, und der Vater sagte manchmal, wer weiß, was für einen Irren sie da an den Knopf gesetzt haben, am Ende macht sich so einer einen Spaß draus, mal kurz auf den Knopf zu drücken, einfach so, und dann ist es nämlich aus. Dann könnten wir von diesen gemütlichen technisch veralteten Kriegen aus dem letzten Jahrhundert nur sehnsüchtig träumen, wo sie sich noch persönlich erschießen durften und einer dem anderen eigenhändig die Arme und Beine abhacken mußte. Die Mühe macht sich heutzutage kein Krieg mehr, sagte der Vater, das geht per Knopfdruck. Ich sagte, woher willst du wissen, daß an den Knöpfen ein Irrer sitzt, und der Vater sagte, denk doch mal nach: würdest du dich etwa an einen Knopf setzen, wenn du da draufdrückst, löst du den dritten Weltkrieg aus, und davon geht dann die Welt unter. Nein, sagte ich, und der Vater sagte, na siehst du, da können sie nur einen Irren ransetzen, weil ein Mensch mit halbwegs Verstand sich freiwillig nicht an so einen Knopf setzen würde, und am Ende kommt er versehentlich dran, vielleicht ist ihm auch eine Laus über die Leber gelaufen, Krach mit der Frau, keine Gehaltserhöhung, was weiß doch ich, er hat die Faxen dicke, da kannst du schon manchmal Lust haben, auf den Knopf zu drücken. Ich begriff mit einem Schlag, was der Vater meinte, wenn er sagte, daß sie alle Idioten sind. Ich hatte es mir nicht so einfach vorgestellt, die Welt untergehen zu lassen, und wollte es lieber nicht glauben, ich sagte, aber er geht doch dann mit unter, dieser Irre, wenn er auf den Knopf drückt, weil ich hoffte, daß der Irre sich das klarmachen und dann lieber ohne Gehaltserhöhung weiterleben würde, als uns alle untergehen zu lassen, und ich hoffte, der Vater würde mich beruhigen und sagen, daß kein noch so Irrer so irre wäre, auf den Knopf zu drücken und dann mit der Welt unterzugehen, aber der Vater beruhigte mich nicht, er sagte nur, das denkst du dir so, aber schau dir doch bloß die Japaner an; und ich wußte, daß die Japaner Kamikaze flogen, weil die Jungen in der Siedlung gelegentlich darüber sprachen, daß die Japse alle Kamikazeflieger sind, aber ich versuchte normalerweise, nicht so oft daran denken zu müssen, daß Menschen Kamikazeflieger sein können, und jetzt fiel es mir natürlich ein, und es fiel mir keine Hoffnung mehr ein, mit der ich den dritten Weltkrieg verhindern könnte. Es war Wasa, die nach einer Weile Nachdenken sagte, haben eigentlich die Japaner auch eine Atombombe, und als der Vater sagte, sie dürfen keine haben, weil sie Nazis waren, und wer Nazi war, darf keine Atombombe haben, dachte ich, solche Idioten scheinen sie immerhin nicht zu sein, die Amis und die Russen; wenn sie den Nazis immerhin verbieten Atombomben zu haben, sind sie vielleicht auch sonst manchmal bei Verstand und kommen vielleicht darauf, nicht nur einen Irren an den Knopf für den dritten Weltkrieg zu lassen, und der läßt uns alle wegen seiner Gehaltserhöhung untergehen; wenn sie so gescheit sind, den Nazis keine Atombombe zu erlauben, dachte ich, werden sie doch hoffentlich auch auf die Idee gekommen sein, keinen einzelnen, sondern mindestens zwei Irre an den Knopf zu setzen, und der eine Irre kann dem anderen Irren auf die Finger hauen, bevor der draufdrückt, bloß weil er die Faxen dicke hat, und daß beide gleichzeitig die Faxen dicke haben, ist nur noch halb so wahrscheinlich.

Ich sagte aber nichts davon mehr im Auto laut, damit der Vater mir nicht sagen konnte, daß sie es so nicht machen, diese Idioten, und dann hätte ich nichts mehr zu hoffen. Ich sagte mir, es ist schließlich bis heute ohne Knopfdruck gegangen, vielleicht geht es auch weiter, und damit hatte ich den dritten Weltkrieg fürs erste aus dem Kopf, aber sobald ich ihn aus dem Kopf hatte, kamen die Filmstellen wieder, bei denen ich nicht schnell genug die Augen hatte zumachen können, und ich mußte daran denken, daß wir alle uns diese gemütlichen, technisch veralteten Kriege herbeiwünschen würden eines Tages. Die Mutter hatte nämlich einmal gesagt, daß die gesamte lange Menschengeschichte es fertiggebracht hätte, keinen einzigen Menschen vom Krieg zu verschonen, und wenn sie das weiter fertigbringen würde, hätten wir keine Chance, also Wasa, Flori und ich und die anderen Kinder, die wir kannten und nicht kannten, vom Krieg verschont zu bleiben, und warum eigentlich sollte die Menschengeschichte es nicht auch weiter fertigbringen, wenn sie es bisher fertiggebracht hatte, sagte ich mir, das wäre immerhin so etwas wie ein Wunder, wenn sie damit einfach aufhören würde, und wir wußten, daß es keine Wunder gibt. Ich nahm mir vor, mit Wasa darüber zu sprechen, obwohl ich sie nicht beunruhigen wollte, aber sie war bestimmt genauso beunruhigt wie ich, sonst hätte sie vorhin nicht gefragt, ob die Japaner eine Atombombe haben, und ich fragte sie auch, wie man es machen könnte, vielleicht doch vom dritten Weltkrieg verschont zu bleiben, aber ich fragte sie nicht an diesem Abend, sondern erst später, und als ich sie fragte, erinnerte sie sich auch gleich an den Satz von der Mutter, daß die Menschengeschichte es fertiggebracht hätte, keinen einzigen Menschen zu verschonen. Sie sagte, man kann sich wohl schlecht wünschen, den letzten Krieg erlebt zu haben, und ich sagte, ich kann es auch nicht. Ich konnte im Film nicht einmal die Augen aufmachen, wenn der vorletzte Krieg als Hollywoodschinken in Breitwand kam, und Wasa sagte, dann hätte man allerdings seinen Krieg jetzt schon hinter sich, und ich sagte, man hätte ihn hinter sich, so oder so. In dem Satz von der Menschengeschichte war ausdrücklich von nur einem Krieg die Rede gewesen, und wir wußten aber, daß unser Großvater zwei Kriege erlebt hatte und nicht nur von einem Krieg nicht verschont worden war, also mußte dieser eine Krieg, von dem die Menschengeschichte es fertiggebracht hatte, keinen davon zu verschonen, so etwas wie ein Mindestkrieg sein, den man jedenfalls zu erleben hatte, und wenn der dritte Weltkrieg so würde, wie der Vater gesagt hatte, müßte man sich im Grunde wünschen, statt dessen den letzten erlebt zu haben, dann hätte man seinen unvermeidlichen einen Mindestkrieg hinter sich, und dann könnte man immer noch die Daumen drücken, daß man vielleicht zu denen gehört, die Glück haben und nur den einen unvermeidlichen Mindestkrieg erleben müssen, damit es die Menschengeschichte fertiggebracht hat, auch weiterhin keinen einzigen Menschen davon zu verschonen. Aber Wasa sagte, man kann es sich trotzdem nicht wünschen, und es ist auch ganz egal, ob wir es uns wünschen könnten, weil es nun einmal so nicht ist. Also versuchten wir, uns mit dem dritten Weltkrieg abzufinden, weil es keine Wunder gibt und also die Menschengeschichte Wasa, Flori und mich und die Kinder, die wir kannten, nicht von einem Mindestkrieg verschonen würde. Es war schließlich Wasa, die auf den Gedanken kam, wie wir den dritten Weltkrieg vielleicht doch abwenden könnten. Es ging mit den Amis und ihrem verdammten Krieg. Und es ging nur, wenn die Russen nicht auf den Knopf drückten. Wasa sagte, da haben wir ihn doch, unseren Krieg. Ich sagte, was heißt, da haben wir ihn, und Wasa sagte, na überleg mal: was zeigen sie eigentlich jeden Tag in der Tagesschau, und ich sagte, alles mögliche, weil ich nicht verstand, worauf sie hinauswollte, und sie sagte: den verdammten Ami-Krieg.

Ich sagte, der ist aber doch in Asien, und Wasa sagte, das schon. Wasa sagte, machst du bei der Tagesschau eigentlich die Augen zu, und ich sagte, nein. Bei der Tagesschau sah ich hin, weil sie nicht so groß war wie Breitwand, und wenn es schlimm wurde, was ich sah, war es trotzdem im Fernsehapparat drin, manchmal wurde es doch so schlimm, daß es nicht mehr half, mir zu sagen, es ist im Fernsehapparat drin, dann machte ich aber trotzdem nicht die Augen zu, sondern sah mich mit den Augen im Wohnzimmer um, ohne den Kopf zu bewegen, damit die anderen nicht merkten, daß ich die Tagesschau nicht vertrage; während ich mich im Wohnzimmer umsah, sagte ich mir im Kopf auf, was ich sah, es ging so: da ist der Fernseher mit der Tagesschau, der Fernseher steht in unserem Wohnzimmer, da ist der Tisch, darauf liegt die Tischdecke, darauf liegt die Fernsehzeitung und so weiter; nach einer Weile kam eine andere Nachricht, und ich sah wieder hin. Als Wasa fragte, machst du bei der Tagesschau eigentlich die Augen zu, sagte ich also, nein. Na also, sagte Wasa. Ich verstand immer noch nichts. Erst als sie sagte, da haben wir ihn doch, unseren Krieg, verstand ich, was sie meinte, aber es brauchte noch eine Weile, bis ich dafür war, daß dieser Krieg der Krieg sein könnte, von dem uns die Menschengeschichte nicht verschonen würde, weil ich zuerst dachte, so geht es nicht, die Menschengeschichte wird es uns wahrscheinlich so billig nicht geben, sondern dahinter kommen, daß wir uns unseren Mindestkrieg aus Asien verschaffen, aus dem Ausland, und ich bezweifelte, daß ausländische Kriege hier gelten. Aber Wasa sagte, wo ist denn dein ausländischer Krieg, wenn wir die Tagesschau sehen, und ich gab ihr recht, daß er in unserem Fernseher in unserem Wohnzimmer war, aber es war mir trotzdem nicht wohl dabei; ich sagte es ist etwas faul daran, ich weiß nur nicht, was es ist. Wir überlegten hin und her, weil Wasa auch das Gefühl hatte, daß etwas faul daran sein könnte, aber wir beschlossen dann doch, daß uns nicht sehr viel anderes übrig bliebe, als uns den Mindestkrieg aus dem Ausland zu verschaffen, wenn wir auf die Art um den dritten Weltkrieg herumkämen, obwohl ich den Verdacht nie ganz loswerden konnte, daß uns die Menschengeschichte dabei erwischen und es uns heimzahlen würde.

Als wir nach dem Kino nach Hause kamen, machte die Mutter uns im Bademantel auf und sagte, wie spät es schon war. Sie hatte noch nicht geschlafen, sondern gewußt, daß sie uns nie mehr wiedersehen würde, und wir wußten, daß man nicht schlafen kann, wenn man denkt, man sieht sich nie wieder.

Für sie mußte es noch viel schlimmer gewesen sein als für uns, weil sie erwachsen war und nicht barfuß im Schlafanzug zu Heinckels rennen konnte. Der Vater sagte, aber Irene, es lag doch der Zettel da. Hast du den Zettel denn nicht gefunden, und sie hatte den Zettel zwar gefunden, aber trotzdem gewußt, daß sie uns nicht wiedersehen würde. Zuerst hatte sie geglaubt, der Vater hätte uns alle entführt; sie hatte in den Schränken nachgesehen, ob unsere Schottenröcke und die anderen Sachen noch drinhingen, und als alles noch drinhing, hatte sie erst recht alle Hoffnung aufgegeben, uns jemals im Leben wiederzusehen, weil wir dann nicht entführt, sondern tot waren; bei Entführung hätte sie kämpfen können wie eine Löwenmutter, selbst wenn der Vater blitzschnell eine Ami-Stiefmutter gezückt hätte, damit wir bei ihm blieben, und sie hätte nicht so schnell einen Stiefvater zücken können, sondern wäre alleinstehend gewesen. Aber selbst dann hätte sie kämpfen können, bis es sie dann schließlich umgebracht hätte, sie hätte uns immerhin am Leben gewußt; aber weil unsere Sachen alle in den Schränken hingen, wußte sie, daß wir nun nicht mehr am Leben sein konnten. Der Vater versuchte, sie mit unserem Lieblingssatz von der blauen Haubitze zu beruhigen, aber sie hatte vor lauter Sorgen und Schlaflosigkeit inzwischen Herzweh, und das ließ sich nicht mit der blauen Haubitze beruhigen, nicht einmal damit, daß wir alle wieder da waren, sie faßte mit der linken Hand unter die Brust und sagte, daß sie schlimme Herzstiche habe, und dann sagte sie zu uns, Kinder, versprecht mir: tut mir das nie wieder an. Ich dachte an den Mann mit der Herzattacke, den wir im Film gesehen hatten, und versprach es sofort. Wir versprachen alle drei, ihr das nie wieder anzutun, aber der Vater versprach es nicht, vielleicht dachte er an die beiden anderen Hollywoodschinken, die er uns versprochen hatte, jedenfalls sah er uns an und sagte, was seid ihr für feige Verräter. Als wir im Bett lagen, konnten wir also noch nicht gleich über den Film und den Weltkrieg nachdenken, weil wir der Mutter das angetan hatten, und wir überlegten, daß eigentlich nicht wir an den Herzstichen schuld waren, sondern im Grunde der Vater, weil er uns ins Kino mitgenommen und ihr das angetan hatte, er war schließlich erwachsen, und wir waren Kinder; er hatte zu bestimmen, und eigentlich mußten wir sogar machen, was er bestimmte, weil er uns erziehen durfte: Wenn er also bestimmte, daß wir ins Kino gingen, durften wir gar nicht nicht ins Kino gehen. Ich war aber nicht ganz sicher, ob das für heute abend ganz stimmte, weil wir ja gern ins Kino mitgegangen waren, es kam mir nicht vor wie Erziehung, wenn wir mit dem Vater ins Kino gingen; ich sagte, glaubst du, das mit der Erziehung gilt auch für Kino; Wasa sagte, das gilt immer für alles, und ich hörte, daß sie böse auf den Vater war und ihm die Schuld an den Herzstichen in die Schuhe schieben wollte, und sie bestand darauf, daß er uns mit Kino erziehen durfte, so viel es ihm paßte, selbst wenn wir noch so gerne ins Kino gingen.

Seit wir im Geheimnisalter waren, zogen wir uns in unserem Zimmer an. Meistens kam die Mutter dazwischen, um zu sehen, ob wir saubere Unterwäsche anzogen, weil sie Sorge hatte, daß eine von uns im Laufe des Tages ohnmächtig würde und zum Arzt oder ins Krankenhaus müßte. Wir wußten, daß sich im Westen alle Leute anziehen, bevor sie aus ihrem Zimmer herauskommen, und im Osten bleiben die Leute in ihren Wohnungen nackt, ziehen sich am Wochenende nur zum Frühstück einen Bademantel über und danach gleich wieder aus, weil sie das Wochenende nackt verbringen und überhaupt am liebsten nackt herumlaufen; die Mutter sagte, es ist unnötig, sich voreinander zu schämen, aber Wasa und ich brachten es nicht fertig, uns nicht zu schämen, sondern zogen uns in unserem Zimmer an, anstatt nackt durch die Wohnung zu laufen wie die Mutter; der Vater zog sich im Schlafzimmer an, und manchmal sprachen sie darüber, ob man lieber nackt durch die Wohnung laufen oder sich anziehen sollte, bevor man aus seinem Zimmer kommt; die Mutter sagte, es ist natürlicher und gesünder, wenn man nackt läuft und sich nicht schämt voreinander, und manchmal sagte sie, außerdem ist es modern. Wenn sie das sagte, konnte es sehr leicht ernst werden, weil der Vater dann an seine Schallplatten dachte und sagte, da irrst du aber gewaltig, Irene, es ist nicht modern, es ist Fleischbeschau, und dann stritten sie darüber, ob es modern oder Fleischbeschau wäre, nackt herumzulaufen, und der Streit konnte auf die Heizungs- und Schlüsselfragen übergreifen und gefährlich werden. Wir waren in der Sache auf der Seite des Vaters, auch wenn wir noch keine Westkinder in Ami-Hosen wurden, bloß weil wir unsere Schottenröcke in unserem Zimmer anzogen, immerhin war es ein Schritt in die richtige Richtung, sagten wir uns, aber wenn der Vater Fleischbeschau sagte, fing die Mutter meistens gleich an zu weinen, und wir versuchten, sobald es mit dem Fleisch losging, in unser Zimmer zu kommen, damit sie es vielleicht diesmal schafften, sich endlich scheiden zu lassen. Einmal war es so knapp davor, daß wir dachten, sie schaffen es; es war kurz nachdem Wasa ihre Tage bekommen hatte. Wasa bekam eines Abends ihre Tage kurz vor dem Einschlafen. Ich schlief schon halb, und Wasa sagte, du, ich glaube, ich blute. Ich begriff nicht sofort, wie man im Bett liegen und plötzlich bluten kann, und wäre gern eingeschlafen, anstatt erschrocken zu sein, aber jetzt war ich erschrocken und wußte, ich würde so schnell nicht mehr einschlafen können. Wasa sagte, daß sie im Dunklen schon eine ganze Weile lang ihre Hand beobachtet hätte, obwohl sie nichts sehen konnte, aber sie sagte, es fühlt sich so an wie Blut, wenn es trocknet, es schmeckt auch so, und sie würde gern wissen, ob sie jetzt ihre Tage bekommen hätte, und schließlich machten wir das Licht an; ich sagte, tut es weh, aber es tat nicht weh. Die Mutter hatte Wasa und mich irgendwann einmal ins Wohnzimmer gerufen und uns beide zusammen aufgeklärt, damit sie es in einem Aufwasch hinter sich hatte, und ich hatte versucht, möglichst nicht viel zu verstehen von dem, was sie sagte, aber Wasa hatte sich gemerkt, daß sie es sofort der Mutter sagen müßte, wenn sie ihre Tage bekäme. Die Eltern lagen schon im Bett, und der Vater war bestimmt schon längst eingeschlafen, deshalb dachte ich, wenn Wasa ihre Tage sehr spät abends bekommt, muß sie es vielleicht nicht sofort der Mutter sagen, sondern kann noch bis morgen früh warten, aber Wasa sagte, man kann es ja nicht wissen, aber das geht wahrscheinlich die Nacht lang so weiter, und ihr wäre es lieber, wenn die Mutter es wüßte, weil die Mutter bestimmt am nächsten Morgen merken würde, daß es schon gestern abend angefangen hat, und dann sieht sie morgen früh überall das Blut und weiß sofort, wir haben es ihr verheimlicht, und sie muß sich aufregen über uns. Ich dachte, daß es in jedem Fall eine ziemliche Aufregung würde, wenn Wasa es der Mutter sagte, und mir wäre die Aufregung morgen früh lieber gewesen als heute abend, weil es wahrscheinlich die Sorte Aufregung sein würde, die ich lieber im Hellen gehabt hätte als so kurz vor der Nacht, aber es wurde dann die Sorte Aufregung, die im Dunklen anfängt und im Hellen weitergeht, und irgendwann hatten wir das Gefühl, sie hört gar nicht mehr auf, und beinah hätten sie es geschafft, sich im Laufe der Aufregung scheiden zu lassen. Wasa ging auf den Flur und sah nach, ob aus dem Schlafzimmer-Schlüsselloch Licht kam, aber es war schon dunkel. Wir überlegten, ob wir sie auch dann wecken sollten wegen Wasas Tagen, wenn sie schon das Licht aushatten, und ich hoffte, daß Wasa es sich noch mal anders überlegen würde, aber sie war dafür, und es dauerte eine Weile, weil wir eigentlich nicht gern ins Schlafzimmer gingen und man Erwachsene nicht wecken sollte, es war schwer zu entscheiden, was mehr Aufregung bringen würde, und inzwischen wurde es immer später, wahrscheinlich war es längst mitten in der Nacht, und irgendwann ging Wasa rüber, weckte sie und sagte es also gleich. Als sie wieder zurückkam, war die Mutter dabei und klärte uns mitten in der Nacht noch einmal auf; während sie uns aufklärte, nahm ich mir vor, lieber nicht so schnell erwachsen zu werden, dann ging sie mit Wasa ins Badezimmer, und als sie zurückkamen, sagte sie, daß wir jetzt beide sehr auf Sauberkeit achten sollen und Wasa morgen zum Arzt muß, weil sie für ihre Tage noch viel zu jung ist und außerdem noch gar keine Unreinheiten im Gesicht hat, die Mutter hatte ihre Tage viel später bekommen und solche Unreinheiten im Gesicht gehabt, daß sie lange Zeit nicht in den Spiegel hatte schauen mögen, und sie hatte daher die Sorge, es wären vielleicht nicht die Tage, sondern eine Geschwulst. Wasa sagte, wenn es eine Geschwulst wäre, würde es doch weh tun, und es tut überhaupt nicht weh, aber die Mutter sagte, daß es auch Geschwulste gibt, die am Anfang nicht weh tun, sondern erst später, das sind sogar die bösartigsten, sagte sie, weil man sie am Anfang nicht merkt, und bis man sie merkt, haben sie Zeit gehabt zu wachsen, und dann ist es meistens schon zu spät. Schließlich sagte sie gute Nacht und ging, aber wir konnten nicht einschlafen, weil wir überlegten, was günstiger für

Wasa wäre, Unreinheiten oder eine Geschwulst, und ich verstand nicht, warum ich auf Sauberkeit achten soll, wenn Wasa blutet. Am nächsten Tag ging die Mutter mit Wasa zum Arzt, und am Abend wurde es so, daß wir dachten, jetzt lassen sie sich ganz sicher scheiden. Eigentlich fing es beinah lustig an, weil der Vater eine Flasche Sekt gekauft hatte und sie beim Abendbrot knallen ließ und mit der Mutter und Wasa darauf anstoßen wollte, daß Wasa jetzt eine Frau geworden war. Die Mutter sagte, sie wollte lieber nicht mit anstoßen, weil sie nicht möchte, daß ihre Tochter eine Säuferin wird. Sie stieß also nicht mit an, und Wasa wußte nicht, ob sie mit anstoßen sollte oder nicht, weil sie der Mutter nicht den Kummer machen wollte, eine Säuferin zur Tochter zu haben, und vielleicht auch selbst keine werden wollte, aber zugleich hätte sie es lustig gefunden, mit dem Vater darauf anzustoßen, daß sie jetzt eine Frau geworden war, obwohl sie das selbst nicht glaubte, sie sagte hinterher, ein bißchen lustig und ein bißchen peinlich auch hätte sie es gefunden, weil sie eben selbst nicht fand, daß sie eine Frau geworden war, sondern lieber weiterhin Wasa wäre, aber angestoßen hätte sie gern, weil es dann wie Silvester gewesen wäre, und außerdem wollte sie nicht, daß der Vater wieder denkt, sie sei eine feige Verräterin wie nach dem Hollywoodschinken; ich war froh, daß es Wasas Tage waren, und ich mit meinen eigenen Tagen noch etwas Zeit hatte, ich hoffte, mit meinen eigenen Tagen noch viel Zeit zu haben, am liebsten hätte ich sie ganz ausfallen lassen, weil diese Tage Wasa so in die Klemme brachten und sie es wahrscheinlich schon bereute, überhaupt ihre Tage bekommen zu haben, und schließlich wurde Wasa keine Säuferin, obwohl sie dann eine feige Verräterin war, und der Vater hatte keine Lust, darauf anzustoßen, die Flasche stand offen auf dem Tisch, wir tranken alle Pfefferminztee, und dann erzählte die Mutter, wie es beim Arzt gewesen war und daß der Arzt gesagt hatte, wahrscheinlich ist es keine Geschwulst, aber weil Wasa noch so klein war, konnte er nicht hineinschauen, ob es nicht doch eine wäre, und uns blieb jetzt nichts anderes übrig, als abzuwarten. Der Arzt hatte Wasa einen Frauenkalender gegeben, mit dem sie ihre Tage zählen sollte, und wenn nach ein paar Tagen das Bluten aufhörte, wären es wahrscheinlich die Tage gewesen, und dann sollte sie weiter die Tage zählen und abwarten, ob es wieder anfängt; wenn es wieder anfangen würde, wären es die Tage; wenn es aber nicht wieder anfangen würde, sollte sie trotzdem immer noch weiterwarten, aber wenn es bis zu dem Tag, an dem er ihr einen Kringel um die Zahl im Kalender gemacht hatte, nicht wieder angefangen hätte, sollten sie wiederkommen. Es waren eine ganze Menge Tage, die Wasa zu zählen und wir zu warten hatten, bis wir wußten, ob es eine Geschwulst ist; das Warten ist schrecklich, sagte die Mutter, es gibt nichts Schrecklicheres auf der Welt als das Wartenmüssen; sie hatte den Arzt gebeten, ausnahmsweise doch reinzuschauen, um uns das Warten zu ersparen, und damit die Geschwulst nicht während des Wartens wachsen könnte, aber der Arzt hatte es nicht gemacht, weil Wasa noch zu klein war. Die Mutter war bis zu dem Tag mit dem Arzt im großen und ganzen zufrieden gewesen, aber bisher war es nur immer darum gegangen, ob sie selbst eine Geschwulst hatte, und da konnte der Arzt hineinschauen, aber jetzt ging es um ihr Kind, und sie überlegte, ob sie den Arzt lieber wechseln sollte und einen neuen Arzt suchen, der bereit wäre, in ihr Kind hineinzuschauen, weil solche Geschwulste schnell wachsen und bösartig werden können; zwar wäre es wahrscheinlich unangenehm für Wasa, wenn der Arzt hineinschaute, aber lieber eine kleine Unannehmlichkeit, sagte die Mutter, als das Wartenmüssen, bis es vielleicht zu spät ist. Es gab Brot mit Aufschnitt und Gurkenscheiben an dem Abend und eben Pfefferminztee. Wasa versuchte, sich möglichst unsichtbar zu machen, obwohl es natürlich nicht ging, weil die

Mutter andauernd von ihr sprach, sie sah die ganze Zeit auf den Teller und mußte dreimal schlucken, bevor sie den Bissen zum Rutschen brachte, und mitten beim Abendbrot rollte der Vater mit einem Mal seine Serviette zusammen, obwohl er längst noch nicht fertig war mit dem Essen; er rollte seine Serviette zusammen und steckte sie in den Serviettenring, als die Mutter sagte, der Arzt hat gesagt, wir könnten fast sicher sein, daß Wasa ihre Tage noch nicht an dem Tag wieder bekommt, den er ihr auf dem Kalender angekreuzt hat, weil sie eigentlich noch zu klein wäre für die Tage, und da könnte es sein, daß die Tage unregelmäßig kommen und sogar ausbleiben und es trotzdem keine Geschwulst ist.

Der Vater war so weiß im Gesicht geworden, wie er es immer wurde, wenn er über den besten Ostwitz nicht mehr lachen konnte. Er stand vom Abendbrottisch auf und sagte so höflich, wie er es immer wurde, wenn er weiß im Gesicht war, du entschuldigst, Irene, daß ich nicht mehr an einem Tisch essen werde, an dem die Innereien meiner Tochter zum Abendessen serviert werden. Er verschwand im Schlafzimmer und kam mit der Lederjacke zurück, die er immer anzog, wenn er abends weggehen wollte, aber bevor er tatsächlich wegging, kam er noch einmal an den Tisch und schaute sich eine Weile den Tisch an. Wasa schaute sich das Teewurstbrot auf ihrem Teller an, weil sie vergessen hatte, wie man schluckt, daß beim Schlucken die Bissen auch rutschen, und ich erzählte ihr hinterher, daß ich, während der Vater auf den Tisch geschaut hatte, hätte schwören können, er überlegt, ob er die Ami-Stiefmutter jetzt sofort zücken sollte und wir vielleicht heute abend alle noch umziehen würden, aber dann sah er die Sektflasche, die auf dem Tisch stand, goß sich ein Glas Sekt ein und sagte, zum Wohlsein, und dann ging er und kam auch nicht frisch gebadet wieder nach Hause in der Nacht, sondern war am nächsten Morgen noch nicht wieder da, und bis dahin hatten wir fest an unseren Lieblingssatz geglaubt, aber beim Frühstück war ich mir nicht mehr sicher, ob der Vater wirklich blau wie eine Haubitze noch besser Auto fahren konnte als die Mutter je im Leben stocknüchtern.

Als er weggegangen war, wußten wir zuerst nicht, ob wir nach dem Abwaschen in unser Zimmer gehen sollten oder bei der Mutter bleiben. Wasa ging in unser Zimmer, damit die Mutter sie nicht die ganze Zeit ansehen mußte und sich dann solche Sorgen machte, daß sie auf die Idee käme, an die Wand oder in den Rhein zu fahren; Flori und ich blieben im Wohnzimmer, weil wir hoffentlich gesund waren und keine Tage und Geschwulste hatten und bei ihr zu Hause geblieben waren, und schließlich sagte die Mutter, daß sie heute mit einer Schlaftablette allein wohl nicht einschlafen könnte, wahrscheinlich würden heute nicht einmal zwei Schlaftabletten zum Einschlafen reichen; sie wunderte sich selbst, weil sie so müde war wie noch niemals in ihrem Leben, aber sie sagte, offenbar könnte sie in diesem Leben so müde sein, daß sie vor Müdigkeit nicht mehr weiterkönnte, und trotzdem würde sie vor ihren Sorgen niemals Ruhe finden. Eine Schlaftablette reicht nicht bei solchen Sorgen, sagte sie, am liebsten würde ich das ganze Röhrchen voll Schlaftabletten auf einmal runterschlucken, dann wäre ich wenigstens sicher, daß ich danach bald einschlafen könnte. Ich sagte, du mußt dir nicht solche Sorgen machen, Mama, weil ich hoffte, ihr fiele der Satz mit der blauen Haubitze ein, und es war noch niemals jemand von uns im Badezimmer in Ohnmacht gefallen; aber es war nicht sehr überzeugend, weil ich mir selbst wegen Wasa Sorgen machte, und während wir hier im Wohnzimmer saßen, damit die Mutter mit ihren Sorgen nicht auf die Idee käme, das Röhrchen Schlaftabletten runterzuschlucken, saß Wasa drüben in unserem Zimmer und war auch noch schuld an dem ganzen Dilemma, weil sie ihre Tage bekommen hatte und es ihre Innereien gewesen waren, die dem Vater zum Abendbrot serviert worden waren; zwar hatte nicht Wasa sie serviert, sondern die Mutter, aber immerhin waren es Wasas Innereien gewesen, deretwegen der Vater vom Abendbrot aufgestanden und noch einmal weggegangen war. Ich hätte Wasa gern getröstet und gesagt, daß es bestimmt keine Geschwulst ist, aber das allein hätte natürlich noch nicht gereicht, um Wasa zu trösten, weil der Arzt auch schon gesagt hatte, daß es wahrscheinlich ihre Tage sind, und trotzdem hatte die Mutter die Sorgen und Innereien auf den Tisch gebracht. Ich dachte, wenn sie mit dem Vater wenigstens angestoßen und Sekt darauf getrunken hätte, daß sie eine Frau geworden war, dann wäre vielleicht alles anders geworden, obwohl ich es nicht glaubte, weil Wasa ja dann eine Säuferin geworden wäre, und das wäre der Mutter nicht recht gewesen; ich verstand auch, daß Wasa genug mit ihren Tagen zu tun hatte und nicht noch dazu eine Säuferin hatte werden wollen, und ich wäre gern zu ihr gegangen und hätte mit ihr gesprochen, obwohl mir ihre Tage unheimlich waren und ja wahrscheinlich heute nacht noch nicht aufhören würden; man mußte es sogar hoffen, nach allem, was der Arzt gesagt hatte, nur dachte ich, wenn ich jetzt rübergehe, ist die Mutter alleine hier und kann vor Kummer nicht schlafen, und Flori ist noch zu klein für ihren

Kummer, und am Ende teilt sie dann die Packung Schlaftabletten mit ihm, um wenigstens ihn mitzunehmen. Flori hatte ein Micky-Maus-Heftchen ins Wohnzimmer mitgebracht und las vor sich hin, manchmal lachte er, aber vorsichtshalber lachte er ohne Stimme; er fand es eigenartig, daß er noch nicht ins Bett mußte, sondern im Wohnzimmer sitzen und lesen durfte, und die Mutter sagte nichts gegen die Micky-Maus-Heftchen, obwohl sie es sonst nicht mochte, wenn sie Micky-Maus-Heftchen in seiner Schulmappe fand. Flori wunderte sich, daß er noch auf war, aber weil er nichts von der Rheinfahrt wußte und uns nicht glauben wollte, daß sie es ernst gemeint hatte, bekam er es nicht mit der Angst, sondern war einfach nur still, damit ihr nicht auffiele, daß er im Wohnzimmer saß und Micky-Maus-Heftchen las, er dachte, wenn es ihr auffiele, würde er sofort ins Bett geschickt und müßte das Micky-Maus-Heftchen der Mutter abgeben und gleich das Licht ausmachen. Ich hatte das Gefühl, daß die Mutter Wasa und mich nicht mehr mitnehmen würde, weil wir zu groß dafür waren und Wasa ihr diese Tage angetan hatte, aber Flori war ungefähr auf der Kippe, und wenn ich jetzt zu Wasa gehen würde in unser Zimmer, konnte es sein, daß sie Flori nimmt und mit ihm die Tabletten teilt oder sich überlegt, daß sie beide mit dem Auto an die Wand fährt, bevor auch noch Flori zu groß dafür ist, und wenn Flori erstmal zu groß dafür wäre, müßte sie ganz alleine jung sterben. Ich dachte, wenn der Vater jetzt da wäre, könnten wir immerhin alle zusammen im Wohnzimmer sitzen und wissen, daß sie sich an die Wand gefahren hat. Das wäre zwar schlimm, aber es war trotzdem etwas, was wir schon kannten, und ich erinnerte mich, wie es ist, im Wohnzimmer zu sitzen und zu wissen, daß wir sie nie mehr wiedersehen; und es war so, daß ich es ganz bestimmt nicht wollte, aber dann dachte ich, es wäre immer noch besser als jetzt, obwohl ich an dem Abend noch fest an den Satz mit der blauen Haubitze glaubte und erst am nächsten Morgen nicht mehr glaubte, daß ich den Vater je wiedersehen würde; aber wegen der Schlaftabletten und der Rheinfahrt konnte ich jetzt nicht zu Wasa rüber, weil ich nicht sicher war, ob die Mutter nicht doch schnell noch ein Röhrchen Schlaftabletten runterschlucken und am Ende mit Flori teilen würde, und dann hätte ich nicht gewußt, was ich machen soll, also blieb ich im Wohnzimmer, um zu verhindern, was zu verhindern war; und schließlich fiel mir ein, wie ich aus dem Wohnzimmer heraus und in unser Zimmer kommen könnte, aber es war nicht ganz einfach, weil ich dazu ins Badezimmer mußte und weil das Badezimmer nicht abzuschließen war; im Badezimmer hing über der Waschmaschine das Medizinschränkchen mit dem Heftpflaster, der Sportsalbe und den Herztropfen und Schlaftabletten und all den anderen Medikamenten. Ich dachte, wenn ich es schaffe, unauffällig ins Badezimmer zu kommen, könnte ich leise auf die Waschmaschine klettern und ans Medizinschränkchen heran. Dann könnte ich die Schlaftabletten aus dem Schränkchen leise herausnehmen, die Schachtel vorsichtig öffnen, ohne mit der Gebrauchsanweisung zu rascheln, und alle Tabletten aus dem Röhrchen ins Klo werfen und schnell hinunterspülen, alle bis auf die ein oder zwei Tabletten, die ich der Mutter lassen mußte, damit sie heute abend vielleicht dann doch noch einschlafen konnte. Es war ziemlich unwahrscheinlich, daß ich es schaffte, aber es war die einzige Möglichkeit, aus dem Wohnzimmer heraus und zu Wasa in unser Zimmer zu kommen und Flori womöglich zu retten, obwohl es dann auch nicht sicher war, daß ich ihn retten könnte, weil die Mutter ja immer noch mit Flori an eine Wand hätte fahren können, aber es schien mir nicht sehr wahrscheinlich, daß sie das heute abend machen würde, weil sie es eigentlich nur noch machte, wenn der Vater zu Hause war. Schließlich stand ich auf und sagte, komm, Mama, wir gehen jetzt einfach ins Bett, obwohl ich wußte, daß sie noch nicht ins Bett gehen und dann schlaflos im Bett liegen würde, bis es klingelte, aber ich mußte ins Badezimmer, um die Schlaftabletten ins Klo zu schütten. Flori war vertieft in sein Micky-Maus-Heft. Ich ließ Wasser in die Badewanne ein, damit ich nicht so leise sein mußte, und dann wartete ich, bis die Mutter hereinkam, um nachzusehen, ob ich ohnmächtig geworden war, aber ich hatte nur schmutzige Fingernägel, und sie war traurig darüber, daß zu alledem auch noch meine schmutzigen Fingernägel hinzukamen.

Schließlich ging sie und kam erst wieder rein, als sie die Klospülung hörte. Ich sagte, alles in Ordnung, Mama, aber in Wirklichkeit war mir so schlecht, daß ich am liebsten das Abendbrot mitsamt Pfefferminztee und Wasas Innereien ausgespuckt und mich selbst den Schlaftabletten hinterher und hinuntergespült hätte, obwohl es das Dümmste war, was ich hätte machen können, weil die Mutter beim zweiten Mal Klospülung nicht mehr geglaubt hätte, daß alles in Ordnung ist, und schließlich kam es mir auch so vor, als ob nicht alles in Ordnung wäre, aber die Schlaftabletten jedenfalls waren weg und hinuntergespült, und vielleicht war mir jetzt nachträglich auch nur vor Erleichterung schlecht. Ich hielt die Luft an, damit die Übelkeit unten im Bauch bliebe und nicht die Gurgel rauf käme, und sagte mir, jetzt kann uns nichts mehr passieren. Ich sagte es eine ganze Weile leise vor mich hin, jetzt kann uns nichts mehr passieren, dann ließ ich das Badewasser ablaufen, und als die Mutter das nächstemal hereinkam, um zu sehen, warum ich so lange im Badezimmer war, putzte ich mir schon die Zähne und hatte es also geschafft.

Als die Mutter zum Gutenachtsagen kam, sagte sie, daß der geschiedenen Frau Osterloh demnächst eine Totaloperation gemacht werden müßte, und wenn man bedenkt, daß die geschiedene Frau Osterloh zwar seit der Scheidung alleinstehend ist, aber immerhin kann sie ihre Mutter aus Trier kommen lassen, wenn sie sie braucht, während unsere Mutter niemanden hier im Westen und auf der ganzen Welt hatte, ihre Mutter saß hinter dem Stacheldrahtzaun und konnte nicht kommen, wenn die Tochter mutterseelenallein ist und sie braucht. Dann weinte die Mutter und sagte, daß sie vom Leben im Grunde nicht viel verlangen würde. Im Grunde bin ich mit sehr, sehr wenig zufrieden, sagte sie, ich brauche gar nicht all diesen ganzen Plunder und Schmuck und teure Pelze, aber da sitze ich hier mit all dem Schmuck und den teuren Pelzen, und das kleine Bißchen, das ich vom Leben gern hätte, habe ich nicht bekommen. Als sie dann schließlich ging, wußten wir nicht, was eine Totaloperation ist. Weil Wasa gestern ihre Tage bekommen hatte, nahmen wir an, es hätte wahrscheinlich eher mit Innereien zu tun als mit Armen und Beinen, aber wir wußten es nicht genau und nahmen uns vor, bei Gelegenheit die Osterloh-Kinder zu fragen, obwohl die es wahrscheinlich auch nicht wußten, weil es ihnen entweder niemand gesagt hatte, oder es hatte ihnen jemand gesagt, aber dann hatten sie auch nur das Wort gehört und wußten nicht genau, was es heißt.

Wasa war froh, daß ich endlich in unserem Zimmer war und wir im Bett lagen, bevor an diesem Tag womöglich noch etwas passieren konnte, obwohl heute keine Negermusik aus dem Wohnzimmer herüberklang, wir horchten nach drüben, und als wir schließlich Flori mit der Mutter im Badezimmer hörten, wußten wir, sie fährt heute abend jedenfalls nicht an die Wand. Danach lagen wir im Bett und unterhielten uns fast wie sonst, aber wegen dieser Tage und all der Aufregung war es doch anders; ich merkte es, weil ich so froh war, keine Tage zu haben, und Wasa merkte es, weil sic die ganze Schuld wegen heute abend allein hatte und wir sie nicht teilen konnten wie bei den Schulpausenbroten. Sie merkte sogar, daß ich ihre Hälfte nicht haben wollte, und trotzdem konnten wir nicht miteinander streiten wie sonst, wenn wir uns leise stritten, wer schuld daran ist, daß die Mutter drüben im Schlafzimmer liegt und stirbt. Schließlich sagte Wasa, am liebsten würde ich jetzt etwas ganz Normales machen, und ich sagte, was zum Beispiel wäre jetzt etwas Normales, aber da sprang sie schon aus dem Bett, machte Licht an und sagte, zum Beispiel würde ich sehr gerne Schularbeiten machen. Sie griff sich ihren Schulranzen, setzte sich an ihren Tisch und fing an, ihre Schularbeiten zu machen. Ich sagte, hast du sie nicht schon gemacht. Wasa sagte, ich mache sie einfach noch mal. Später hörten wir, wie die Mutter die Sicherheitskette an der Wohnungstür abmachte und dann wieder vorlegte, dann setzte sie den Kaffee für morgen früh auf, obwohl morgen Sonntag war, und ging ins Bad. Kurz darauf kam sie nackt in unser Zimmer gestürzt und fragte, wer von uns beiden ein Dreiviertel-Röhrchen Schlaftabletten geschluckt hätte; wir sagten, keine, und so wußte sie, daß es der Vater war. Danach hatten wir wenigstens wieder zusammen ein Geheimnis.

Am nächsten Morgen hatte die Mutter vor Sorgen nicht geschlafen, und beim Frühstück sagte sie, Kinder, was soll ich nur tun. Es war eine ihrer Lieblingsfragen, und meistens wußten wir nicht, was sie tun soll, aber heute wußten wir immerhin, daß der Vater keine Schlaftabletten geschluckt hatte. Ich dachte, aber an den Satz mit der blauen Haubitze kann man wohl nicht mehr glauben. Wasa sagte, ich glaube, ich weiß was: ihr solltet euch scheiden lassen. Die Mutter sagte, daran hätten sie auch schon gedacht, aber es geht nicht wegen der Kinder, weil wir dann keinen Vater mehr hätten. Wir sprachen eine Weile darüber, ob sie sich scheiden lassen sollten, und Wasa schlug vor, nach so einer Scheidung könnten wir doch am Wochenende zum Vater, oder wir könnten es andersherum versuchen und an den Wochenenden zu ihr, aber davon wollte die Mutter nichts wissen, und sie wollte uns auch nicht an den Wochenenden zum Vater lassen, und außerdem sagte sie, daß es Frauen gibt, die nur einmal im Leben und nur einen einzigen Mann lieben können. Dann weinte sie, und also dachten wir, sie weint, weil sie nur einmal im Leben und nur einen einzigen Mann lieben konnte, und ausgerechnet der ist im Krieg erschossen worden, und sie weint jetzt wegen ihres Verlobten, weil wir von diesem Verlobten wußten, daß sie ihn geliebt hatte. Wir wußten von dem Verlobten außerdem noch, daß er kein Nazi gewesen war, und deshalb hatten wir eigentlich nie etwas gegen ihn gehabt. Es war uns sogar ganz recht, daß die Mutter einen Nicht-Nazi zum Verlobten gehabt hatte, weil sie dann wahrscheinlich auch kein Nazi gewesen sein konnte, wir dachten, es ist doch unwahrscheinlich, daß ein Nicht-Nazi und ein Nazi sich miteinander verloben; und es beruhigte uns, an diesen Verlobten zu denken, wenn die Mutter die deutschen Flüsse von unten nach oben aufzählte und wenn wir Stadtlandfluß mit ihr spielten, weil wir keine Nazi-Kinder sein wollten, aber zugleich war er uns unangenehm, weil sie immer traurig wurde, wenn sie sich an ihn erinnerte; und wenn sie jetzt sagte, sie gehört zu den Frauen, die nur einmal im Leben und nur einen einzigen Mann lieben können, war das natürlich ihr Verlobter gewesen, und mir war klar, was sie meinte, wenn sie von ihrer Lebenstrauer sprach, aber zugleich mußte sie dann doch einsehen, daß es leichter ist, sich scheiden zu lassen, wenn der einzige Mann, den sie in ihrem Leben je hatte lieben können, sowieso schon seit über zwanzig Jahren tot ist. Wasa sagte, na siehst du, Mama, dann kannst du dich doch wirklich scheiden lassen, und wegen uns mach dir keine Sorgen. Wir dachten noch ein bißchen über eine Scheidung nach, und Flori und die Mutter waren dagegen, aber wenn wir noch ein bißchen länger darüber gesprochen hätten, sagten wir uns anschließend, hätten wir es mit Sicherheit diesmal geschafft; sie fragte mehrmals, meint ihr, Kinder, meint ihr wirklich, ich soll es machen, und jedesmal sagten wir wieder, ja, und daß sie sich wegen uns keine Sorgen zu machen braucht; und es war einfach Pech, daß es mittendrin klingelte. Die Mutter ging im Bademantel an die Tür und machte auf, weil es Sonntag vormittag war und sonntags niemand betteln kam, und ich glaubte schon nicht mehr an den Lieblingssatz, aber es war der Vater. Er sah auch nicht aus, als ob er sehr viel geschlafen hätte, und ging ins Schlafzimmer. Dann kam er ohne Lederjacke wieder raus und setzte sich an den Tisch. Als er saß, stand die Mutter auf, ging ins Schlafzimmer und kam auch gleich wieder raus und sagte, daß in der Jackentasche keine Schlaftabletten zu finden gewesen waren, aber etwas hatte sie gefunden und sagte, es bringe sie um, daß er auf zwei Kinokarten im Kino war, und der Vater sagte etwas von Hollywoodschinken. Wasa und ich sagten nichts, weil wir als feige Verräter wohl sowieso nicht mehr erwarten konnten, in Hollywoodschinken mitgenommen zu werden, und wenn Kinokarten in der Jackentasche waren, dann hatte er auch niemanden getroffen zum Witzeerzählen; wir dachten an die Ami-Stiefmutter, zu der die Mutter uns nicht lassen würde, aber vielleicht würden sie es jetzt schaffen und sich irgendeine andere Art Scheidung ausdenken, nachdem wir beim Frühstück schon gesagt hatten, daß wir mit allem einverstanden wären, und dann schickten sie uns zum Spielen nach draußen, alle drei. Flori verschwand im Fahrradkeller zu seinen Micky-Maus-Heftchen und den anderen Kinderschwindeleien, die er dort versteckt hatte, und Wasa und ich gingen hinüber zu dem Rohbau, um alles von vorn überdenken zu können, nachdem jetzt die Mutter gesagt hatte, wir sollen bei ihr bleiben und dürfen am Wochenende nicht zum Vater. So hatten wir uns das nicht ausgedacht.

Als wir auf das Gerüst kletterten, kamen ein paar Jungen aus der Siedlung, stellten sich unters Gerüst, taten so, als wollten sie auch hochklettern, aber dann rief einer, die Wasa hat ja Windeln an. Wasa heulte nicht, aber es war trotzdem umsonst gewesen, daß sie sich in den stinkenden Bunker getraut hatte, ohne die Nase zuzuhalten, bloß um zu zeigen, daß Mädchen Mut haben können, und am liebsten hätte sie sich jetzt geprügelt oder geheult.

Wir saßen dann lange in unserer Rohbau-Wohnung, und das einzige, was uns noch einfiel, wäre ein Ami-Stiefvater gewesen, aber daran war nicht zu denken, schon an einen ganz normalen West-Stiefvater war leider nicht zu denken, nachdem die Mutter uns gesagt hatte, zu welcher Sorte Frauen sie gehörte, obwohl wir gar nicht so gern einen normalen West-Stiefvater wollten, weil wir dann zwar Ami-Hosen gehabt hätten statt unserer Schottenröcke, aber im Westen wimmelte es nur so von Nazis, und niemand würde das Lied von der Buckower Süßkirschenzeit dagegenpfeifen und von dem Volkseigentum und den Idioten von der LPG, wenn die Mutter Flori Volkslieder vorsingen würde, weil ihr Verlobter im Krieg erschossen worden war. Es war hoffnungslos, aber wir gingen zum Mittagessen nicht rauf, weil wir ihnen Zeit geben wollten, sich vielleicht selbst etwas auszudenken; und dann ging die Wasserstoffbombe hoch, die Flori im Fahrradkeller gebastelt hatte. Wir hörten nebenan im Rohbau, wie es bei uns im Fahrradkeller knallte, man hörte es ziemlich laut, weil der Rohbau noch keine Fenster hatte, und als wir rüberkamen, war Flori zum Glück nicht mit seiner Bombe zusammen hochgegangen und selbst ziemlich verwundert. Ich wischte ihm die Haare und Augenwimpern ab, die zwirselig weiß versengt waren, und Wasa wollte wissen, wie er es gemacht hatte, und er hatte es mit einer Bärenmilchdose und einer Fahrradbatterie gemacht, er hatte in einem Micky-Maus-Heftchen gelesen, wie man es machen kann, und es war ganz einfach, man brauchte bloß ein bißchen Fahrradkabel, und in die Bärenmilchdose mußte man Salzwasser füllen. Die Augenbrauen waren nur ein bißchen angesengt, aber die Wimpern waren ziemlich ab und die Ponyhaare auch alle, und schließlich brauchte man nichts weiter als die Kabelenden auseinanderzufummeln, zwei um die Batterielaschen zu wickeln und die anderen Enden in die Löcher der Bärenmilchdose zu stecken; alles mit Leukoplast zukleben, und ein paar Stunden warten, sagte Flori, und als ich ihn abgewischt hatte, sah man es noch, aber er war nicht mehr ganz so weißlich. Inzwischen wunderte er sich immer noch, daß es geklappt hatte, und Wasa fing an zu schimpfen, daß er nicht auch noch stolz darauf sein sollte. Also Leukoplast auf die Büchsenlöcher und ein paar Stunden warten, sagte Wasa, und wir waren froh, daß niemand den Knall gehört und im Fahrradkeller nachgesehen hatte. Flori hatte also ein paar Stunden im Fahrradkeller gesessen und gewartet, und dann, sagte er, brauchst du bloß das Leukoplast von dem einen Loch aufzumachen, Streichholz dran und bumm. Ich sagte, dafür habe ich gestern abend ein Röhrchen Schlaftabletten ins Klo gespült, oder was, daß du dich in die Luft jagst und bumm, aber Flori wußte ja nichts von dem Röhrchen Schlaftabletten, und ich hätte es ihm auch nicht erklären können, weil er es nicht geglaubt hätte.

Schließlich hörten wir, wie die Mutter aus dem Küchenfenster nach uns rief, und gingen rauf. Sie sagten uns, daß sie es noch einmal miteinander versuchen wollten, und Wasa sagte später, sie wäre ein bißchen erleichtert gewesen, weil sie zwar sehr froh wäre, wenn sie sich scheiden ließen, aber es wäre ihr lieber, wenn sie es nicht wegen ihrer Tage tun, sondern vielleicht beim nächsten Mal. Ich sagte, es sieht so aus, als könnte es bis zum nächsten Mal etwas dauern, weil die Eltern uns nicht nur gesagt hatten, daß sie es noch einmal miteinander versuchen wollten, sondern der Vater hatte auch noch gesagt, daß wir vielleicht ein Haus bauen wollen, weil das ganze Elend mit dieser Vorort-Wohnung zusammenhängt, in der wir auch nur zur Miete wohnten, und ich hatte ihn gleich im Verdacht, daß er in einem eigenen Haus die Schlüsselprobleme von vornherein auf seine Weise zu lösen versuchen würde, ich dachte, er versucht es wahrscheinlich grundsätzlich und gründlich, und war gespannt, wie er es machen würde und ob er es mit Innenriegeln und Rot und Grün, Besetzt und Frei machen würde, wie es in der Schule war. Ich war auch gespannt, ob er es schaffen würde.

Flori war einigermaßen aus seiner Wasserstoffbombengeschichte herausgekommen, weil beide Eltern so mit dem Hausbau beschäftigt waren, daß sie gar nicht auf seine abgesengten Wimpern achteten, und erst am Abend, als er mit der Mutter im Badezimmer war, fiel es ihr auf, aber da er noch lebte, brauchte er ihr nur zu versprechen, es ihr nicht wieder anzutun. Er war selbst so verwundert gewesen, daß es geklappt hatte, er würde es so schnell nicht wieder machen. Aber trotzdem war er traurig, daß sie ein Haus bauen wollten, weil er befürchtete, daß in dem Haus dann kein Fahrradkeller wäre oder bloß so ein Fahrradkeller, in dem er nicht gut seine Micky-Maus-Heftchen verstecken konnte. Die Mutter war nie darauf gekommen, daß er sie dort versteckte, wo alle im Haus ihre Fahrräder stehen hatten, und deshalb sah sie im Fahrradkeller nicht nach, aber wenn wir ein eigenes Haus hätten, würde sie ganz bestimmt im Fahrradkeller nachsehen.

Das Hausbauen war eher die Idee des Vaters gewesen, und schon als sie uns davon erzählten, mußten sie aufpassen, daß sie nicht gleich wieder Streit bekamen, weil die Mutter eine Menge Sorgen auf sich zukommen sah und den Vater daran erinnerte, daß im Osten ein Haus eine große Belastung gewesen wäre, und sie konnte sich nicht vorstellen, daß es hier im Westen nicht auch zu teuer ist und sich eigentlich nicht lohnt, wenn sie an die viele Arbeit denkt, die mit dem Hausbauen und Haushaben verbunden ist. Die Mutter wollte also wegen der Belastung lieber kein Haus, und der Vater hatte es nur ganz knapp geschafft, den Hausbau an dem Abend durchzusetzen, und das auch nur deshalb, weil sie wahrscheinlich Angst hatte, wenn sie ihm den Hausbau jetzt ausredet, geht er wieder weg und sie muß morgen wieder wer weiß was in seiner Jackentasche finden, und wahrscheinlich wieder doppelt. Also waren beide sehr vorsichtig miteinander, und sie ließ dem Vater den Hausbau, nachdem er ihr gesagt hatte, es ist schließlich auch für die Kinder, damit die Kinder etwas zum Erben haben. Im Osten hatte es überhaupt nichts zum Erben gegeben, weil der Osten das Erben abgeschafft hatte, also hatte die Mutter nicht daran gedacht, daß ihre Kinder, nun wo wir alle schon eine Weile im Westen waren und das Erben im Westen nicht abgeschafft worden war, später einmal etwas zum Erben brauchten, sie hatte überhaupt nicht an später gedacht und an später auch gar nicht denken können, weil sie ja wußte, daß sie jung sterben würde, und weiter als bis zum Jung-Sterben kann ein Mensch nicht denken, vor allem nicht, wenn er das Erben gar nicht kennt, sondern nur die viele Arbeit, die ein Ost-Haus macht und die ein West-Haus wahrscheinlich auch machen würde. Wasa war erleichtert, daß es in dem neuen Beinah-Streit nicht mehr um ihre Tage ging, und ich war gespannt, wie in dem neuen Haus die Schlüsselfrage gelöst werden würde. Ich war überhaupt gespannt, ob sie es machen würden mit dem Hausbauen, aber wenn sie es machen würden, wäre ich besonders gespannt, ob sie die Schlüsselfrage lösen, und Wasa sagte, sie glaubt nicht daran, daß die Schlüsselfrage gelöst werden kann, aber wenn es nach ihr ginge, sollten sie sich lieber später und wegen der Schlüsselfrage scheiden lassen als schon heute wegen ihrer Tage. Deswegen waren wir beim Hausbauen in der Sache eher auf der Seite des Vaters, obwohl die Scheidung schwieriger würde, wenn erst einmal so ein Haus gebaut ist und dasteht. Wasa sagte, bei einer Scheidung wird doch alles geteilt, oder wie ist das, weil die Osterloh-Kinder es uns erzählt hatten. Die Osterloh-Kinder hatten gesagt, daß bei einer Scheidung alle verrückt sind, weil sie sich erst die ganze Zeit streiten, bis sie so weit sind, daß sie es endlich machen, und dann geht das Streiten wieder los, weil sie nicht wissen, wie sie alles teilen sollen, und erst einmal dauert es eine ganze Zeit, bis sie das hingekriegt haben, um jeden Teelöffel müssen sie überlegen, wie sie ihn teilen, und endlich also haben sie ihre Teelöffel aufgeteilt, und dann kommt eine neue Frau Osterloh und bringt jede Menge Teelöffel mit, wenn sie einzieht, und das ganze Teilungstheater vorher ist völlig umsonst gewesen. Wasa sagte, und jetzt stell dir vor, sie bauen ein Haus, wir sitzen alle gemütlich in diesem Haus, sie lassen sich scheiden, und dann. Ich sagte, was und dann, weil ich noch über die Teelöffel nachdachte, von denen die Osterloh-Kinder gesprochen hatten, und Wasa sagte, aber vielleicht sind sie so schlau und bauen ein Haus, das man teilen kann, und da verstand ich, was sie meinte. Ich glaubte aber nicht, daß sie so ein Haus bauen würden, obwohl es im Grunde eine Lösung gewesen wäre.

Ich hatte noch eine Befürchtung, aber sie war so schlimm, daß ich sie an dem Abend lieber für mich behalten und sie Wasa erst sagen wollte, wenn sie aus ihren Tagen heraus wäre, und außerdem mußte ich noch eine Weile abwarten, wie sich das Hausbauen entwickeln würde, bevor ich mit Wasa darüber sprechen konnte. Es entwickelte sich dann genau so, wie ich befürchtet hatte, und irgendwann sagte ich Wasa, ich hätte gesehen, daß wir zertrennt werden sollten. Ich hatte nämlich gesehen, wie der Vater in die Pläne, die er zeichnete, hineinschrieb, wem welches Zimmer gehören sollte, und Wasa und ich hatten jede ein eigenes Zimmer in den Plan eingezeichnet bekommen. Ich hatte noch nichts dagegen gesagt, weil ich erst wissen mußte, was Wasa darüber dachte, und Wasa sagte, sie wäre jedenfalls auch dagegen, daß wir zertrennt werden sollten, aber wir könnten vielleicht auch unzertrennlich sein, wenn wir jede ein eigenes Zimmer hätten, und da begriff ich, daß wir zertrennlich waren, und vielleicht waren wir beide im Geheimnisalter, aber trotzdem jede in einem anderen, und ich war zwar immer noch froh, daß ich Wasa vor dem Einschlafen hatte, aber ich merkte, es half schon nicht mehr.

Ich hatte dann nicht mehr sehr viel Zeit, darüber nachzudenken, weil das Hausbauen ziemlich schnell losging und ganz anders wurde, als ich mir Hausbauen vorgestellt hatte. Alle zusammen fuhren wir immer an den Wochenenden los und mußten uns Häuser ansehen. Die Häuser standen mitten im Baumatsch einzeln auf einem Acker, und ich wollte zuerst kein Haus, das einzeln auf einem Akker steht, aber der Vater sagte, das sind nur Probehäuser, keine Häuser zum Wohnen, sie sind nur zum Ansehen, und dann überlegen wir, ob wir solch ein Haus wollen, und wenn genug Leute solch ein Haus wollen, wird der Acker mit solchen Häusern vollgebaut, und das Bauen selbst geht ruckzuck, eine Sache von ein, zwei Tagen. Die Zeiten sind vorbei, sagte der Vater, wo jede Mauer vom Maurer persönlich noch so hochgezogen werden mußte, daß man sie hinterher nicht so leicht wieder abreißen kann, das ist längst technisch veraltet, und heute werden Häuser auf dem Lkw gebracht, ruckzuck hingestellt, und ruckzuck kann man sie wieder abreißen. Was heißt abreißen, sagte der Vater, sie werden einfach verladen und weggeschafft. Wir konnten uns nicht entschließen, welches von den

Häusern wir auf den Acker gebracht bekommen wollten, einmal hatte die Mutter Sorge, daß das Haus oder der Garten zu groß wäre, und sie hatte nichts gegen Haus- oder Gartenarbeit, weil sie sich erinnerte, daß sie als Kind gern Johannisbeeren aus dem Garten gepflückt und dann gleich gegessen hatte, aber sie sagte, bis das alles heranwächst, und dann wurde sie traurig, und alle wußten, warum sie traurig wurde, und dann fanden wir schnell etwas an dem Haus auszusetzen, damit sie nicht sterben mußte, bevor die Sträucher gewachsen waren. Wasa fragte, gibt es vielleicht auch Häuser, wenn man die hinstellt, sind schon fertige Sträucher dabei, aber der Vater sagte, es gibt solche Häuser, aber die sind noch auf diese technisch veraltete Weise vom Maurer persönlich gebaut, und wir können sie uns nicht leisten.

Immer wenn der Vater sagte, daß etwas technisch veraltet wäre, mußte ich an den dritten Weltkrieg denken. Zwar hatten wir mit dem verdammten Krieg, den die Amis in Asien machten, unseren Krieg schon irgendwie hinter uns gebracht, aber ich war doch nie ganz restlos überzeugt, ob die Menschengeschichte uns durchgehen lassen würde, daß wir sie so beschummeln. Ich dachte, es ist sinnlos, in der Vorort-Wohnung zu sitzen und nichts machen zu können als warten, ob die Menschengeschichte es uns durchgehenläßt, aber immer wenn ich an den dritten Weltkrieg dachte, war ich in der Sache nicht mehr so überzeugt von dem Hausbauen, und wenn das Haus fertig angeliefert plötzlich da stünde, hätte ich von gestern auf heute niemanden mehr vor dem Einschlafen, weil es Wasa und mich schon zertrennte, wenn wir vor dem Einschlafen nur davon sprachen, daß wir dann jede ein eigenes Zimmer hätten. Nur Wasa und der Vater waren noch für das Hausbauen, Flori und ich fingen an, in der Sache auf die Seite der Mutter zu geraten, obwohl ich nicht auf eine andere Seite als Wasa geraten wollte.

Durch das Hausbauen erinnerte sich die Mutter jetzt oft an früher, weil sie im Osten ein Haus gehabt hatten, nur daß dort ihre Mutter immer die Schlüssel verschwinden ließ, und hinter dem Haus war ein Garten mit Sträuchern gewesen. Der Vater erinnerte sich nicht sehr gern an das Haus und den Garten, er sah sich die Hauspläne an, die alle paar Tage mit der Post geschickt wurden, und zeichnete mit dem Lineal Zimmer in die Pläne. Manchmal sah er auf und fragte, ob eine Tür nach innen oder nach außen aufgehen soll. Man brauchte es nur einzuzeichnen, und es wurde dann ruckzuck so angeliefert und hingestellt, wie man es haben wollte. Die Mutter bekam vom Erinnern Heimweh, und dann legte sie das Stopfei beiseite und holte den Schuhkarton mit den alten Fotos. Die Fotos waren inzwischen richtig braun und dunkel, man konnte nicht viel darauf erkennen, und ich konnte nicht verstehen, wie sie Heimweh nach dem haben konnte, was auf den braunen Fotos drauf war, aber sie sagte, wie fröhlich wir damals waren. Flori sagte, wir doch nicht, wir waren doch noch gar nicht auf der Welt. Auf einem Foto war die Mutter, und sie sah heute viel jünger und hübscher aus als auf dem Foto. Sie sagte, wie haben wir damals gelacht, aber auf dem Foto lachte sie nicht, und es war mir auch lieber, daß sie nicht lachte, weil das Foto gemacht worden war, als Krieg war, und ich wollte nicht, daß sie gelacht hatte, als Krieg war. Dann sah sie sich lange das Foto mit der Uniform an, in der ihr Verlobter steckte, und wenn der Vater es merkte, sah er von seinen Hausplänen auf und tröstete sie, daß ihr Verlobter erschossen worden war. Sie sagte, ausgerechnet er und ausgerechnet von Partisanen, hinterrücks von Partisanen erschossen, feige, wie Partisanen sind. Der Vater wollte während des Hausbauens keinen Streit, aber manchmal gab es doch wieder fast Streit, wenn er sagte, er fragt sich, warum sich jemand, der schon immer dagegen gewesen sein wollte, so fotografieren läßt, mit diesem Gesicht und diesen Stiefeln. Warum nur, sagte der Vater, läßt sich so einer dabei fotografieren, wie seine Stiefel einer ausländischen Treppenstufe erklären, wem sie von nun an zu gehorchen hat; und wenn er das sagte, weinte die Mutter, weil ihr eigener Mann nichts verstand und weil der einzige Mann, der es verstanden hätte, tot und erschossen war, hinterrücks von Partisanen. Wie Partisanen eben sind. Meistens sagte der Vater dann nichts mehr, sondern zeichnete weiter Zimmer in seinen Hausplan, nur wenn die Mutter sagte, daß Flori ihrem Verlobten sehr ähnlich sieht, sagte der Vater: Jetzt reicht es aber, Irene, jetzt ist aber mal Schluß. Aber es war dann nur für kurze Zeit Schluß, weil wir am nächsten Wochenende wieder so ein Haus auf einem Akker ansehen fuhren, und solange wir Häuser ansahen, kam das Heimweh immer wieder, und mit dem Heimweh kam sofort auch der tote Verlobte, und schließlich sagte die Mutter, wenn ich ihn hätte begraben können, dann wäre alles viel leichter, aber wegen der Partisanen war es natürlich im Ausland gewesen, und sie hatte nur ein paar Fotografien, einen Kettenanhänger und eine Brosche; einmal hatte sie versucht, den Kettenanhänger Wasa und die Brosche mir zu schenken, aber Wasa wollte den Kettenanhänger nicht, und ich wollte keine Brosche von ihrem Verlobten, ich sagte, behalt du die Brosche lieber, es war schließlich dein Verlobter, und wenn er dir das geschenkt hat, mußt du es auch behalten. Ich hätte mich nicht getraut, die Brosche wegzuwerfen, weil sich das nicht gehörte, aber ich hätte sie auch um keinen Preis haben wollen, weil ich nicht durch eine Brosche mit einem fremden Soldaten zu tun bekommen wollte, mit dem ich gar nicht verwandt war, und dann wäre ich in diesen Krieg verwickelt gewesen, und er wäre noch unheimlicher geworden durch die Brosche, als er sowieso schon war, solange er für Wasa und mich nur ein Gerücht blieb. Flori tat mir leid, daß er diesem toten Verlobten ähnlich sah. Wenn es dem Vater zuviel wurde mit dem Heimweh, fing er an zu pfeifen, manchmal pfiff er das Lied von dem bleichen Knaben und dem Edelweiß, in dem der Knabe beim Edelweißpflücken stirbt. Es war ein Lied, bei dem ich immer aus dem Zimmer gehen mußte, weil ich so entsetzt war, wenn ich mir vorstellte, wie leicht Sterben geht, daß ich keine Luft mehr bekam, und die Mutter wurde von dem Lied auch nicht fröhlich, weil es ein Küchenlied war, und ein Küchenlied konnte nicht trösten, sondern ihr nur klarmachen, wie untröstlich und unverstanden sie war. Ich hatte es lieber, wenn der Vater nicht dieses Küchenlied pfiff, sondern das Lied von den Soldaten, die sich alle gleichen, obwohl es mir auch immer unheimlich war, er sang mit ganz tiefer Stimme und wie gesprochen die Zeile immer als Text, die aufhört: lebendig und als Leich. Es klang dann auch wie ein Küchenlied und war schrecklich, aber ich dachte, zum Glück ist der Vater kein Soldat, und bei Flori könnte man vielleicht aufpassen, daß er auch kein Soldat wird, und schon wurde ich etwas zuversichtlicher, daß von uns niemand mit dem Töten zu tun bekommen müßte.

Schließlich sagte die Mutter, daß es sie trösten würde, wenn sie das Grab besuchen könnte, und der Vater war einverstanden, weil er es gern gehabt hätte, wenn sie getröstet wäre und dann vielleicht nicht mehr jung sterben müßte, sondern in Ruhe alt werden konnte, während in ihrem Garten die Johannisbeersträucher in aller Ruhe wachsen, obwohl er nicht mehr von Sträuchern sprach, die so langsam wachsen und auch viel Arbeit machen. Er sagte, wenn das alles zu viel Arbeit ist, kann man vielleicht einen Steingarten machen, um die Mutter nicht mehr weiter mit Dingen zu bedrücken, die belasten und langsam wachsen. Wasa und ich waren immer sehr still, wenn es um diese Dinge ging, weil wir dachten, daß wir schließlich auch solche Dinge wären, die belasten und langsam wachsen, und mir fiel die Ami-Stiefmutter wieder ein, die zwar unmöglich war, aber wirklich eine Versuchung gewesen wäre und eine schöne Entlastung, nur sprachen sie während der Hauspläne nicht mehr davon, sich scheiden zu lassen. Sie sprachen jetzt abwechselnd von den Zimmern, dem Steingarten und dem Grab, und eines Tages sagte der Vater, daß er auch froh wäre, wenn sie endlich dieses Grab besuchen würde, und wenn es sie tröstet, soll sie es doch bald einmal tun. Dann sprachen sie darüber, wie sie es tun könnte, und ob sie es allein tun sollte oder lieber wir alle zusammen. Mir wäre es ganz recht gewesen, wenn sie es allein getan hätte, aber sie hätte eine sehr weite Strecke mit dem Auto fahren müssen, weil das Grab wegen der Partisanen ja im Ausland war, und dann wäre sie die ganze Zeit so traurig gewesen, daß es mir schließlich auch lieber war, sie würde nicht mit dem Auto fahren, und der Vater sagte sehr bestimmt, daß wir es alle zusammen machen würden, weil wir uns wegen des Hausbauens keinen Karosserielackierer mehr leisten könnten, also würde lieber er sich ans Steuer setzen. Ich dachte, daß die Mutter vielleicht trotzdem allein fahren wollte, weil es ja ihr toter Verlobter war und wir bis auf Flori nicht viel mit ihm jemals zu tun gehabt hatten, aber sie wollte auf jeden Fall, daß wir mitkommen. So beschlossen wir, alle zusammen zu fahren, und weil der Vater mit dem Hausbauen möglichst rasch vorankommen wollte, fuhren wir in den nächsten Ferien.

Es war Frühling, Wasa hatte keine Geschwulst, Floris Wimpern waren nachgewachsen, und weil es Frühling war und an der Autobahn alles anfing, grün zu werden, und auf den Äckern blühten die Bäume, dachte ich, vielleicht schaffen sie es doch noch, jetzt fahren wir dahin, sehen uns diesen Soldatenfriedhof an, Grab Nummer 317, 42. Reihe von links, dann fahren wir wieder zurück, sie bauen ein Haus, und der ganze Krieg ist vorbei, nur daß ich Wasa dann nicht mehr vor dem Einschlafen habe, aber vielleicht kann ich lernen, allein einzuschlafen, ich dachte, es ist vielleicht ein Opfer, aber weil es an der Autobahn Frühling war und alles blühte, beschloß ich, daß es nur ein kleines Opfer ist, und war bereit, es zu bringen; und fast hätte es geklappt, aber es klappte dann nicht, obwohl es so aussah, als könnte es klappen, auch wenn wir in einem Hotel wohnten, in dem sie an alles Knoblauch machten, und die Mutter war empfindlich gegen Knoblauch, aber sie wurde trotzdem nicht krank, sondern erinnerte sich daran, daß sie schließlich hergekommen war, um einen toten Verlobten zu besuchen. Flori sagte, sind hier überall Partisanen, und die Mutter sagte, Partisanen sind nur im Krieg. Der Vater sagte, Partisanen sind auch im Krieg nur in überfallenen Ländern, und ich wollte möglichst schnell aus diesem überfallenen Land wieder raus und das Soldatengrab vielleicht sehr früh morgens oder sehr spät abends hinter mich bringen, wenn es dunkel wäre und nicht so viele Partisanen und Partisanenkinder unterwegs wären, die beobachten können, wie wir den toten Verlobten besuchen, und die Partisanen und Partisanenkinder konnten ja nicht wissen, daß er dagegen gewesen war, ihr Land zu überfallen und von feigen Partisanen erschossen zu werden. All das war mir sehr unangenehm, ich versuchte, möglichst nicht so viel darüber nachzudenken und vor dem Einschlafen nicht mit Wasa darüber zu sprechen, weil ich mich daran gewöhnen wollte, dann das Opfer bringen zu können, und es war alles vergeblich, weil genau an dem Tag, an dem wir zu dem Verlobten gingen, noch jemand erschossen worden war, vielmehr zwei Abende vor dem Tag, an dem wir zu dem toten Verlobten gingen, aber es stand an dem Morgen in der Zeitung, die schon zwei Tage alt war, als der Vater sie beim Frühstück las. Er sagte, in Memphis haben sie vorgestern abend Martin Luther King erschossen. Ich wartete darauf, daß er sagte, diese Idioten, aber er sagte es nicht, er war nur weiß im Gesicht geworden, dann legte er sein Honigbrot auf den Teller, sagte, ihr entschuldigt mich bitte, mir ist übel, und ging aus dem Speisesaal. Die Mutter las es dann auch. Wir warteten, bis sie gelesen hatte, und dann sagte sie, daß es offenbar ein Schwarzenanführer gewesen ist. Wasa und ich sahen uns an, weil sie klang, als würde sie heute nur einen Toten ertragen können, und zwar ihren eigenen toten Verlobten, und als ob sie es nicht ertragen könnte, daß dieser Schwarzenanführer sich ausgerechnet so erschießen lassen mußte, daß es heute früh in der Zeitung stand; und als der Vater dann wieder in den Speisesaal kam, war er immer noch weiß im Gesicht. Die Mutter weinte später, als sie am Grab stand, und war ein bißchen enttäuscht, daß wir nicht mitweinten, aber ich konnte nicht gut mitweinen, weil ich immer denken mußte, wenn der Verlobte nun nicht erschossen worden wäre, dann gäbe es uns nicht. Der Vater stand vor dem Friedhof und rauchte, während wir am Grab standen, eine Zigarette, und als wir wieder draußen waren, hätte ich ihn gern an der Hand gefaßt wie Flori, aber es ging nicht, weil ich zu groß dafür war. Einmal dachte ich, er würde anfangen, das Lied zu pfeifen von den Soldatenleichen, die sich gleichen, aber er pfiff es nicht.

PIPER

Birgit Vanderbeke

Das lässt sich ändern

Roman. 160 Seiten. Gebunden

Natürlich war Adam Czupek nicht der Richtige für sie. Mit solchen Leuten, die nach Holz und Metall und Arbeit riechen und nichts vom Reden halten, kann man doch nicht sein Leben verbringen. Dachten ihre Eltern. Aber was wussten sie, deren Ehe längst am Ende war, schon von der Liebe, was wussten sie von Adam Czupek? Für ihn ist noch nie irgendetwas geradeaus gegangen. Das Leben mit ihm und den beiden Kindern wird zum Abenteuer jottwehdeh auf dem Land. Und als sie von Bauer Holzapfel die Streuobstwiese geschenkt bekommen, hat Adam schon längst einen Plan.

01/1908/01/R